CUENTOS DE

JOSEPH CONRAD

Austral Cuentos

CUENTOS DE

JOSEPH CONRAD

Traducción
Eduardo Jordá

Obra editada en colaboración con Editorial Planeta – España

Títulos originales de los cuentos: *The Lagoon, An Outpost of Progress, Il Conte y The Tale*

© de la traducción: Eduardo Jordá, 2024
Diseño de la colección: Austral / Área Editorial Grupo Planeta
Ilustración de la portada: © Núria Just
Composición: Realización Planeta

© 2024, Editorial Planeta, S. A. – Barcelona, España

Derechos reservados

© 2024, Editorial Planeta Mexicana, S.A. de C.V.
Bajo el sello editorial AUSTRAL M.R.
Avenida Presidente Masarik núm. 111,
Piso 2, Polanco V Sección, Miguel Hidalgo
C.P. 11560, Ciudad de México
www.planetadelibros.com.mx

Primera edición impresa en España en Austral: mayo de 2024
ISBN: 978-84-08-28828-2

Primera edición impresa en México en Austral: septiembre de 2024
ISBN: 978-607-39-1753-7

No se permite la reproducción total o parcial de este libro ni su incorporación a un sistema informático, ni su transmisión en cualquier forma o por cualquier medio, sea este electrónico, mecánico, por fotocopia, por grabación u otros métodos, sin el permiso previo y por escrito de los titulares del *copyright*.

La infracción de los derechos mencionados puede ser constitutiva de delito contra la propiedad intelectual (Arts. 229 y siguientes de la Ley Federal de Derechos de Autor y Arts. 424 y siguientes del Código Penal).

Si necesita fotocopiar o escanear algún fragmento de esta obra diríjase al CeMPro (Centro Mexicano de Protección y Fomento de los Derechos de Autor, http://www.cempro.org.mx).

Impreso en los talleres de Operadora Quitresa, S.A. de C.V.
Calle Goma No. 167, Colonia Granjas México, C.P. 08400
Iztacalco, Ciudad de México
Impreso en México - *Printed in Mexico*

Índice

La laguna

El hombre blanco, apoyado con los dos brazos sobre la caseta de popa, le dijo al timonel:

—Pasaremos la noche en el claro de Arsat. Se ha hecho tarde.

El malayo se limitó a soltar un gruñido y mantuvo la vista fija en el río. El hombre blanco reclinó la barbilla sobre los brazos cruzados y se puso a observar la estela de la barca. Al final de la recta avenida de jungla atravesada por el intenso fulgor del río, el sol aparecía centelleante y diáfano, posado cerca del agua lisa que brillaba como una lámina de metal. La jungla, sombría y monótona, se erguía silenciosa e inmóvil a cada lado de la amplia corriente. Al pie de los gigantescos árboles, las palmas de nipa de tronco sumergido surgían del barro de la orilla y se elevaban en enormes racimos de hojas que colgaban inmóviles sobre las pardas espirales de los remolinos. En medio del aire inamovible, cada árbol, cada hoja, cada brote, cada zarcillo de planta trepadora y cada pétalo de las minúsculas flores parecía haber sido hechizado hasta quedar atrapado en una inmovilidad perfecta e inexorable. Nada se movía en el río salvo los ocho remos que salían regularmente del agua, resplandecientes, y volvían a hundirse con un único chapoteo; y mientras tanto, el timonel movía el remo a derecha e izquierda con un súbito y constante vaivén que trazaba un fulgurante semicírculo sobre su cabeza. El agua removida por los remos borboteaba emitiendo un confuso murmullo. Y la canoa del hombre blanco, que remontaba la corriente entre el breve alboroto que ella misma provocaba, parecía adentrarse en el umbral de una tierra en la que la misma idea del movimiento se hubiera desvanecido para siempre.

El hombre blanco se colocó de espaldas al sol poniente y observó el amplio y desierto estuario. Durante las últimas tres millas de su curso, el río tortuoso e indeciso, como si estuviera atraído por la libertad del horizonte abierto, fluye directamente hacia el mar, fluye directamente hacia el oriente, hacia el oriente que alberga a la vez la luz y la oscuridad. A popa de la barca se oía el canto repetitivo de un ave, un grito débil y discordante que rebotaba sobre el agua lisa y se perdía, antes de que pudiera alcanzar la otra orilla, en el silencio sin respiración del mundo.

El timonel hundió el remo en la corriente y lo mantuvo firme con los brazos rígidos y el cuerpo inclinado hacia delante. El agua gorgoteaba con fuerza, y de pronto el largo y recto estuario pareció rotar sobre su propio eje, la jungla giró trazando un semicírculo y los rayos oblicuos del sol tocaron el costado de la canoa emitiendo un resplandor ígneo que proyectó las flacas y distorsionadas sombras de la tripulación sobre el fulgor estriado del río. El hombre blanco se dio la vuelta y miró al frente. La canoa había virado en ángulo recto con respecto a la corriente, y la cabeza de dragón tallada en la proa señalaba ahora un hueco entre la espesura que bordeaba la orilla. La barca se deslizó a través del follaje, rozando las ramas colgantes, y desapareció del río como si fuera una esbelta criatura anfibia que salía del agua en busca de la madriguera en la jungla.

La angosta ensenada era como una zanja: sinuosa, increíblemente profunda y rebosante de oscuridad bajo la delgada línea de puro y resplandeciente azul del cielo. Los árboles inmensos se elevaban invisibles tras las festoneadas colgaduras de las plantas trepadoras. Aquí y allá, cerca de la negrura centelleante del agua, la retorcida raíz de un árbol aparecía entre la tracería de los pequeños helechos negros y opacos, que se contraían estáticos como una serpiente al acecho. Las breves palabras de los remeros retumbaban entre el tupido y sombrío muro de la vegetación. La oscuridad rezumaba por entre los árboles, se derramaba desde las enormes y fantásticas hojas detenidas y atravesaba el laberinto enmarañado de las plantas trepadoras: la oscuridad misteriosa e invencible; la aromática oscuridad venenosa de la jungla impenetrable.

Los hombres empezaron a usar los remos como pértigas en las aguas poco profundas. La ensenada se ensanchó y dio paso a la amplia extensión de una laguna estancada. La jungla retrocedía en la orilla pantanosa y dejaba a la vista una franja uniforme de verde centelleante y juncos que enmarcaban el azul del cielo que se reflejaba en el agua. Muy arriba, vagaba una algodonosa nube rosada que dejaba la estela del delicado color de su imagen bajo las hojas flotantes y las flores plateadas de los lotos. Una casita que se levantaba sobre altos pilotes se destacó a lo lejos. A su lado, dos grandes arecas que parecían haber salido de la jungla se inclinaban sobre la destartalada techumbre, como si torcieran las frondosas cabezas colgantes con melancólica ternura y también con preocupación.

El timonel señaló con el remo y dijo:

—Arsat está en la casa. Se ve la canoa amarrada a los pilotes.

Los remeros hundían las pértigas a ambos lados de la barca preocupados por el final de la navegación de aquel día. No les hacía ninguna gracia pasar la noche en aquella laguna de aspecto siniestro y con fama de espectral. Además, no les gustaba Arsat: primero, porque era un extraño, y también porque aquel que repara una casa en ruinas y se queda a vivir en ella proclama a los cuatro vientos que no teme vivir entre los espíritus que acechan los lugares abandonados por los humanos. Un hombre así es capaz de alterar el curso del destino con una simple mirada o una sola palabra. Y sus fantasmas más familiares no se dejarán engatusar por los visitantes ocasionales a los que desearían hechizar con la maldad de su amo humano. Los blancos no piensan en estas cosas, ya que no creen en nada y están confabulados con el Padre del Mal, quien les permite salir indemnes de los peligros invisibles de este mundo. Y ellos oponen a las advertencias de los virtuosos la insultante simulación de la falta de fe. ¿Qué se puede hacer ante eso?

Eso pensaban mientras descargaban el peso del cuerpo sobre el extremo de sus largas pértigas. La gran canoa se deslizó muy ligera, sin hacer ruido, hacia el claro de Arsat hasta que, entre un gran estrépito de pértigas arrojadas al suelo y fuertes murmullos de «Alá sea loado», se detuvo con un ligero golpe al topar con los pilotes retorcidos que había bajo la casa.

Los remeros levantaron la cabeza y chillaron con voces discordantes:

—¡Arsat! ¡Eh, Arsat!

Nadie salió a recibirlos. El hombre blanco empezó a subir por la tosca escalerilla que llevaba a la plataforma de bambú que había delante de la casa. El *juragan* de la barca dijo de mal humor:

—Tendremos que preparar la comida en el sampán y dormir en el agua.

—Pásame las mantas y el cesto —dijo secamente el hombre blanco.

Luego se arrodilló al borde de la plataforma para recoger el bulto. La barca se alejó y el hombre blanco, incorporándose, se encontró frente a Arsat, que acababa de salir por el portillo de su cabaña. Era un hombre joven, fuerte, de pecho amplio y brazos musculados. No llevaba más ropa que el sarong. Llevaba la cabeza descubierta. Sus grandes ojos mansos miraron inquietos al hombre blanco, pero su voz y sus ademanes no se alteraron cuando preguntó sin haber saludado:

—¿Tienes la medicina, Tuan?

—No —dijo el visitante en tono perplejo—. ¿Por qué la quieres? ¿Hay algún enfermo en la casa?

—Entra y verás —replicó Arsat con la misma actitud reposada, y después de darse la vuelta, volvió a meterse por el portillo. El hombre blanco soltó los bultos y le siguió.

A la tenue luz que había en la morada, vio tendida en un jergón de bambú a una mujer cubierta por una amplia tela de algodón rojo. La mujer yacía inmóvil, como si estuviera muerta, pero sus grandes ojos, abiertos de par en par, resplandecían en medio de la oscuridad y miraban fijamente, inmóviles y sin ver nada, las delgadas vigas del techo. Tenía fiebre muy alta y evidentemente se hallaba inconsciente. Tenía las mejillas ligeramente hundidas y los labios semiabiertos, y en su joven rostro se había impreso una ominosa expresión inalterable: la expresión absorta, contemplativa, de las personas que van a morir. Los dos hombres se quedaron quietos, mirándola en silencio.

—¿Lleva mucho tiempo enferma? —preguntó el viajero.

—Llevo cinco noches sin dormir —contestó el malayo con voz pausada—. Al principio oía voces que la llamaban desde el agua y quería soltarse de mí porque yo tenía que sujetarla. Pero desde que hoy ha salido el sol, no oye nada. Ni siquiera me oye a mí. Y ya no ve nada. Ni me ve a mí. ¡A mí!

Se quedó un minuto en silencio, y luego preguntó en voz baja:

—Tuan, ¿se va a morir?

—Me temo que sí —contestó el hombre blanco, apenado.

Había conocido a Arsat años atrás, en una tierra lejana y en tiempos de combates y peligros, cuando no se puede desdeñar ninguna amistad. Y dado que su amigo malayo había llegado, inesperadamente, a vivir en aquella choza en la laguna con una mujer desconocida, él había pasado muchas noches allí durante sus travesías a lo largo del río. Le gustaba aquel hombre que se fiaba de los consejos que le daban y que sabía luchar sin miedo al lado de su amigo blanco. Le tenía aprecio, aunque tal vez no fuera el mismo aprecio que un hombre siente por su perro favorito, pero aun así le tenía el suficiente aprecio como para ayudarle sin hacer preguntas, y como para pensar a veces, vaga y confusamente, en medio de sus propios afanes, en aquel hombre solitario y en la mujer de cabello largo —con el rostro audaz y ojos de vencedora— que vivían ocultos en la jungla: solos los dos, y temidos.

El hombre blanco salió de la choza a tiempo de ver el gigantesco incendio del atardecer que se apagaba entre las sombras furtivas que surgían como un vapor negruzco de las copas de los árboles y se extendían por el cielo sofocando el resplandor carmesí de las nubes y el fulgor rojizo de la luz agonizante. A los pocos minutos se hicieron visibles todas las estrellas sobre la intensa negrura de la tierra, y la gran laguna que había empezado a iluminarse con el reflejo de las luces parecía una porción oval del firmamento que hubiera sido arrojada a la noche abismal y sin esperanza de las tierras salvajes. El hombre blanco sacó algo de comida de la cesta y luego encendió una fogata con unas ramitas, pero no para calentarse sino para ahuyentar a los mosquitos con el humo. Se envolvió en la manta y se sentó en el suelo, apoyando la espalda contra la pared de cañas de la casa. Pensativo, se puso a fumar.

Arsat salió por el portillo con pasos inaudibles y se acuclilló frente a la fogata. El hombre blanco movió un poco las piernas extendidas.

—¡Respira! —dijo Arsat en voz baja, adelantándose a la pregunta inminente—. Respira y arde como si tuviera fuego. No habla, no oye, pero está ardiendo.

Hizo una breve pausa, y después preguntó muy tranquilo, como si no le interesara lo que decía:

—Tuan... ¿va a morir?

El hombre blanco movió inquieto los hombros y musitó con aire dubitativo:

—Si es su destino...

—No, Tuan —dijo Arsat sin perder la calma—. Si ese es mi destino. Oigo. Veo. Espero. Y me acuerdo... Tuan, ¿te acuerdas de los viejos tiempos? ¿Te acuerdas de mi hermano?

—Sí —contestó el hombre blanco.

El malayo se puso en pie de improviso y entró en la casa. El otro, que seguía inmóvil en el exterior, pudo oír la voz que sonaba en la choza. Arsat decía:

—¡Escúchame! ¡Habla!

Después de sus palabras se hizo el silencio.

—¡Oh, Diamelen! —gritó de repente.

Después del grito se oyó un profundo suspiro.

Arsat salió de la casa y volvió a desplomarse en el lugar que había ocupado antes.

Los dos se quedaron en silencio delante del fuego. No se oía ningún ruido en la casa y tampoco se oía nada a su alrededor. Pero a lo lejos, en la laguna, se podían oír las voces de los remeros que resonaban nítidas y sincopadas sobre el agua quieta. La hoguera que ardía en la proa del sampán relucía con un débil resplandor rojizo. Luego se apagó. Las voces dejaron de sonar. La tierra y el agua dormían invisibles, inamovibles y mudas. Era como si no quedase nada en el mundo salvo el brillo del torrente de estrellas, vano e incesante, atravesando la negrura inalterable de la noche.

El hombre blanco miró con los ojos muy abiertos la oscuridad que tenía delante. Y el miedo y la fascinación, la inspiración y el asombro de la muerte —de la muerte próxima, inevitable, invisible—, aliviaban la inquietud de su raza y removían en su mente los pensamientos más confusos y recónditos. La sospecha siempre presente del mal, esa sospecha insistente que anida en nuestro corazón, se expandía en la quietud que lo rodeaba —en la quietud insondable e inerte— y la hacía parecer indigna de confianza y también infame, como la plácida máscara impenetrable con que justificamos la violencia injustificable. Y en medio de ese fugaz trastorno de su ser, la tierra envuelta en la paz de las estrellas se convirtió en un sombrío país de luchas inhumanas, en un campo de batalla de terribles fantasmas —majestuosos o innobles— que luchaban con ferocidad por la posesión de nuestras almas indefensas. Un misterioso país agitado por deseos y temores inextinguibles.

Un murmullo quejumbroso se elevó en medio de la noche: un murmullo que entristecía y sobresaltaba a la vez, como si las vastas soledades silvestres que lo rodeaban hubieran intentado susurrarle al oído la sabiduría de su inmensa y altiva indiferencia. Unos sonidos confusos y vacilantes flotaban en torno suyo, y poco a poco fueron cobrando la forma de palabras, hasta que se transformaron en una rumorosa corriente de suaves frases monocordes. Se movió como un hombre que se despierta de repente y cambió ligeramente de postura. Arsat, inmóvil y espectral, sentado con la cabeza gacha bajo las estrellas, estaba hablando en voz muy baja y soñadora:

—... porque ¿dónde podemos aliviar nuestra pesadumbre si no es en el corazón de un amigo? Un hombre debe hablar de la guerra y del amor. Tú, Tuan, conoces la guerra y me has visto en tiempos de combates buscando la muerte como otros hombres buscan la vida. Se puede perder lo escrito y se puede escribir una mentira; pero lo que un ojo ha visto es verdad y queda grabado en la mente.

—Sí, me acuerdo —dijo el hombre blanco en voz baja. Arsat continuó con afligida mesura:

—Por lo tanto, voy a hablarte de amor. Y hablaré en la noche. Hablaré antes de que desaparezcan la noche y el amor, y el ojo del día pueda ver mi pena y mi vergüenza, mi cara ennegrecida, mi corazón calcinado.

Un suspiro, breve y profundo, marcó una pausa

casi imperceptible, y luego sus palabras continuaron sin una sola agitación, sin un solo gesto.

—Después de los combates, cuando se terminó la guerra y te fuiste de mi tierra siguiendo tus propios intereses (cosas que nosotros, hombres de las islas, no podemos entender), mi hermano y yo volvimos a ser, igual que lo habíamos sido antes, los portadores de la espada del Rajá. Ya sabes que éramos de la familia, pertenecíamos a la raza gobernante y estábamos más capacitados que nadie para portar sobre el hombro derecho el emblema del poder. Y así, en tiempos de prosperidad Si Dendring nos prodigó sus favores, de la misma manera que nosotros, en tiempos de penalidades, le habíamos demostrado la fidelidad de nuestro coraje. Aquello ocurrió en una época de paz: un periodo de caza de ciervos y peleas de gallos, de charlas indolentes y riñas estúpidas entre hombres que tienen la tripa llena y las armas oxidadas. El sembrador veía crecer sin temor los brotes de arroz y los mercaderes iban y venían: partían flacos y volvían gordos al río de la paz. Y también traían noticias. Traían mezcladas verdades y mentiras, así que ningún hombre sabía cuándo debía alegrarse y cuándo debía entristecerse. Y fueron los mercaderes los que nos trajeron noticias de ti. Te habían visto aquí y te habían visto allá. Y yo me alegraba de oírlo, porque recordaba los tiempos de tribulaciones y porque siempre me acordaba de ti, Tuan, hasta que llegó el día en que mis ojos no querían ver nada del pasado porque se habían posado en la mujer que se está muriendo aquí mismo, en la casa.

Se detuvo y exclamó con un fuerte suspiro:

—¡Oh, Mara bahia! ¡Ay, qué calamidad!

Luego continuó hablando en voz más alta:

—No hay peor enemigo ni mejor amigo que un hermano, Tuan, porque un hermano conoce al otro y en ese conocimiento perfecto radica el poder de hacer el bien o hacer el mal. Yo quería a mi hermano. Pero fui a verlo y le dije que mis ojos solo podían ver un único rostro y mis oídos solo podían oír una voz. Me dijo: «Abre tu corazón para que ella pueda ver lo que hay dentro. Y espera. La paciencia es sabiduría. Puede que Inchi Midah se muera o que nuestro Rajá pierda el miedo que siente por esa mujer». Y esperé. Tú te acuerdas, Tuan, de la mujer con el rostro velado y del miedo que nuestro Rajá sentía por su astucia y su mal genio. Y si ella quería a su sirviente, ¿qué podía hacer yo? Pero yo saciaba el hambre de mi corazón con breves miradas y palabras furtivas. De día deambulaba por el sendero que llevaba a la casa de baños, y cuando el sol se había ocultado en la espesura, me deslizaba por los setos de jazmín que llevaban al patio de las mujeres. Sin vernos, hablábamos envueltos en el aroma de las flores, separados por el velo de las hojas y las briznas de la alta hierba que se interponía entre nosotros: así de grande era nuestra prudencia y así de débil era el murmullo que surgía de nuestro enorme anhelo. El tiempo pasó deprisa... Y las mujeres empezaron a cuchichear, y nuestros enemigos nos vigilaban, y mi hermano se mostraba taciturno, y yo empecé a pensar en matar y en aceptar una muerte honrosa... Somos un pueblo acostumbrado a tomar lo que quiere, igual que vosotros, los blancos. Y llega un tiempo en que un hombre debe olvidar la lealtad y el respeto debidos. A los soberanos se les concede el poder y la autoridad, pero a los hombres se les concede el amor y la fuerza y el coraje. Mi hermano dijo: «Tendrás que llevártela. Somos dos que actúan como uno solo». Y yo le contesté: «Que sea pronto, porque no hay calor si el sol brilla cuando ella no está conmigo». El momento llegó cuando el Rajá y todo su séquito fueron a la boca del río a pescar a la luz de las antorchas. Había cientos de barcas, y sobre la arena blanca, entre el agua y la jungla, se levantaron cabañas de hojas de palma para alojar a los acompañantes del Rajá. Al atardecer, el humo de las hogueras que preparaban la comida se elevaba como una neblina azul y las voces alegres resonaban en el aire. Cuando estaban preparando las barcas para salir a pescar al embalo, mi hermano vino a verme y me dijo: «¡Esta noche!». Miré mis armas, y cuando llegó la hora, nuestra barca ocupó su lugar en el círculo de las embarcaciones provistas de antorchas. Las luces brillaban sobre el agua, pero detrás de las barcas solo había oscuridad. Cuando empezaron los gritos y los pescadores se volvieron como locos, nos escabullimos. El agua se tragó nuestra antorcha y volvimos a la orilla, que estaba a oscuras y en la que solo se veían unas pocas brasas alumbrando aquí y allá. Se oía a las esclavas charlando de choza en choza. Y entonces encontramos un lugar silencioso y desierto. Esperamos allí. Y ella llegó. Llegó corriendo por la orilla, muy deprisa y sin dejar rastro, como una hoja arrastrada por el viento hasta el mar. Mi hermano dijo, sombrío: «Ve a recogerla y tráela a la barca». La levanté en brazos. Jadeaba. Su corazón latía contra mi pecho. Dije: «Ya no perteneces a esa gente. Has venido al oír el grito de mi corazón, pero mis brazos te llevan a la barca en contra de la voluntad del más grande». «Así sea», dijo mi hermano. «Somos hombres que toman lo que quieren y que saben defenderse de una multitud. Deberíamos habérnosla llevado en pleno día.» Dije: «Vámonos ya», porque en cuanto ella se subió a la barca, empecé a pensar en los muchos hombres al servicio del Rajá. «Sí, vámonos», dijo mi hermano. «Ahora somos forajidos y esta barca es nuestra única tierra y el mar es nuestro refugio.» Todavía tenía el pie en la orilla, así que le pedí que se diera prisa, ya que recordaba los latidos de aquel otro corazón contra mi pecho y sabía que dos hombres no pueden resistir el asalto de un centenar. Zarpamos y fuimos remando río abajo muy cerca de la orilla. Cuando pasamos por la ensenada donde estaban pescando ya habían cesado los gritos, pero el murmullo de las voces resonaba como el zumbido de los insectos al mediodía. Las barcas flotaban en grupo a la luz roja de las antorchas bajo un velo negro de humo. Y mientras tanto, los hombres hablaban de sus diversiones favoritas. Aquellos hombres que se jactaban y ensalzaban y se burlaban habían sido nuestros amigos por la mañana, pero por la noche ya eran nuestros enemigos. Remamos todo lo deprisa que pudimos: ahora ya no teníamos ni un solo amigo en el país donde habíamos nacido. Ella iba en medio de la canoa y se cubría el rostro con las manos, tan silenciosa como está ahora, y sin ver nada, tal como está ahora; y yo no lamentaba abandonarlo todo porque podía oír cómo ella respiraba muy cerca de mí, igual que puedo oírla ahora.

Hizo una pausa, se puso a escuchar mirando hacia la puerta, luego sacudió la cabeza y continuó:

—Mi hermano quería lanzar el grito del desafío (un único grito) para que todos supieran que ahora éramos salteadores que habían nacido libres y que solo confiaban en la fuerza de sus brazos y en el mar abierto. Pero una vez más le rogué, en nombre de nuestro amor fraternal, que se quedara callado. ¿No la estaba oyendo respirar muy cerca de mí? Fuera como fuese, dentro de nada se iniciaría la persecución. Mi hermano me quería. Metía el remo en el agua sin hacer ningún ruido. Y me dijo: «Ahora solo eres medio hombre. La otra mitad le pertenece a esa mujer. Esperaré. Cuando vuelvas a ser un hombre completo, regresarás aquí conmigo y lanzarás el grito de desafío. Somos hijos de la misma madre». No contesté. Toda la fuerza y toda la voluntad que tenía estaban concentradas en las manos que sostenían el remo, ya que deseaba llegar a un lugar seguro donde no pudiera alcanzarnos ni la furia de los hombres ni el desprecio de las mujeres. Y mi amor era tan poderoso que yo creía que podría guiarme hasta una tierra donde no existiera la muerte, si al final lograba escapar de la furia de Inchi Midah y de la espada del Rajá. Así que remamos todo lo deprisa que pudimos respirando por la boca. Las palas se hundían en el agua quieta. Salimos del río y nos deslizamos por los canales que serpenteaban en las aguas poco profundas. Bordeamos la negra costa. Bordeamos las playas de arena donde el mar habla en susurros con la tierra; el fulgor de la arena blanca destellaba y desaparecía por detrás de la barca, tal era la velocidad a la que nos movíamos. No hablábamos. Solo una vez dije: «Duerme, Diamelen, porque muy pronto vas a necesitar todas tus fuerzas». Oí la dulzura de su voz, pero no volví la cabeza. Cuando salió el sol seguíamos remando. El agua me caía por la cara como la lluvia cae de la nube. Volábamos bajo la luz y el calor. Ni una sola vez volví la vista atrás, pero sabía que los ojos de mi hermano, que estaba detrás de mí, siempre miraban al frente porque la barca avanzaba tan recta como el dardo de un hombre de los bosques al salir de la cerbatana. No había remero ni timonel mejor que mi hermano. Juntos habíamos ganado muchas carreras en aquella misma canoa, pero jamás habíamos tenido que usar tanta fuerza como aquel día, aquel día en que por última vez los dos remamos juntos. No había un hombre más valiente ni más fuerte que mi hermano. Yo no podía desperdiciar energía girando la cabeza para mirarle, pero a cada momento oía cómo se iba haciendo más fuerte el silbido de su respiración. Y él seguía sin hablar. El sol estaba muy alto. El calor se pegaba a mi espalda como una lengua de fuego. Las costillas estaban a punto de estallar, pero no me llegaba suficiente aire a los pulmones. Y entonces decidí que debía gritar con las pocas fuerzas que me quedaban: «¡Hay que detenerse a descansar!». «Muy bien», contestó con voz firme. Era fuerte. Era valiente. No sabía lo que era el temor ni la fatiga. ¡Así era mi hermano!

Un murmullo poderoso y dócil, un murmullo vasto y ligero —el murmullo de las hojas que tiemblan, de las ramas que se agitan— atravesó las enmarañadas profundidades de la jungla, atravesó la tersura estrellada de la laguna, y el agua lamió con un súbito chapoteo la viscosa madera de los pilotes. Un soplo de aire cálido rozó las caras de los dos hombres y se perdió con un sonido lúgubre: un soplo breve y profundo como el suspiro intranquilo de la tierra que sueña.

Arsat continuó con una grave voz monocorde:

—Hicimos varar la canoa en la arena blanca de una bahía próxima a una lengua de tierra que parecía bloquear nuestra ruta; era un cabo largo y boscoso que se adentraba en el mar. Mi hermano conocía aquel lugar. Al otro lado de la punta desemboca un río y hay un angosto sendero que cruza la jungla. Encendimos una hoguera y preparamos arroz. Luego nos echamos a dormir sobre la suave arena, a la sombra de nuestra canoa, mientras ella montaba guardia. Yo acababa de cerrar los ojos cuando oí su grito de alarma. Nos pusimos en pie. El sol ya estaba a la mitad del cielo y vimos que un prao con muchos remeros se acercaba a la boca de la bahía. Nos dimos cuenta enseguida de que era uno de los praos del Rajá. Los remeros estaban observando la orilla y nos vieron. Empezaron a tocar el gong y pusieron proa hacia la bahía. Sentí que mi corazón se volvía muy débil dentro de mi pecho. Diamelen se sentó en la arena y se cubrió el rostro con las manos. Ya no había manera de huir por mar. Mi hermano se echó a reír. Tenía el arma, Tuan, que tú le habías dado antes de partir, pero apenas tenía pólvora. Me habló muy deprisa: «Corre, vete con ella por el sendero. Yo los detendré: no tienen armas de fuego, y enfrentarse a un hombre armado significa la muerte para muchos. Corre, vete con ella. Al otro lado de la espesura hay una casa de pescadores y una canoa. Cuando termine de disparar, os alcanzaré. Corro muy bien, y antes de que nos atrapen ya nos habremos ido. Resistiré todo lo que pueda, porque ella es una mujer que no puede ni correr ni luchar, pero se ha apoderado de tu corazón con sus débiles manos». En ese momento se ocultó detrás de la barca. El prao se acercaba. Ella y yo nos pusimos a correr, y cuando nos metíamos en el sendero empecé a oír los disparos. Mi hermano disparó una vez, dos veces, y entonces cesó el ruido del gong. Se hizo el silencio por detrás de nosotros. Aquella lengua de tierra es muy angosta. Antes de que oyera a mi hermano disparar por tercera vez, vi la ribera en pendiente y vi de nuevo el agua: era la desembocadura de un ancho río. Cruzamos un calvero de hierba. Corrimos hacia el agua. Vi una choza muy pequeña en medio del barro y una canoa varada. Oí otro disparo. Pensé: «Es la última carga de pólvora». Corrimos hacia la canoa. Un hombre salió corriendo de la choza, pero me lancé sobre él y nos revolcamos juntos por el barro. Luego me levanté y el hombre yacía a mis pies. No sé si lo maté o no. Diamelen y yo metimos la canoa en el agua. Oí gritos por detrás de mí y vi a mi hermano corriendo por el calvero. Muchos hombres corrían y saltaban persiguiéndolo. La cogí en brazos y la metí en la canoa y luego salté yo. Cuando miré atrás, vi que mi hermano había caído. Se cayó de nuevo y volvió a levantarse, pero los hombres estaban muy cerca. Gritó: «¡Ahora voy!». Los hombres casi lo habían rodeado. Miré de nuevo. Eran muchos hombres. Luego la miré a ella. Tuan, empujé la canoa y la metí en aguas profundas. Ella estaba de rodillas con el cuerpo inclinado hacia delante, y le dije: «Coge un remo». Yo empecé a hundir el otro remo en el agua. Tuan, oí los gritos de mi hermano. Le oí gritar dos veces mi nombre. Y oí voces que aullaban: «¡Matadlo! ¡Golpead fuerte!». No volví a mirar atrás. Volvió a gritar mi nombre con un alarido, como si la vida se perdiera con el grito, pero no volví a mirar atrás. ¡Era mi nombre! ¡Mi hermano! Me llamó tres veces, pero yo no temía a la vida. ¿No estaba la mujer en la canoa? ¿Y no podía encontrar con ella un lugar en el que no se conociera la muerte..., un lugar en el que la muerte no existiese?

El hombre blanco se irguió un poco. Arsat se puso en pie y se quedó quieto: era una silueta borrosa junto a las brasas agonizantes. Una neblina baja iba reptando sobre la laguna y fue borrando muy despacio los brillantes reflejos de las estrellas. Y entonces un gran manto de vapor blanco cubrió la tierra: se derramaba por la oscuridad, frío y gris, y giraba en remolinos silenciosos en torno a los troncos y a la plataforma de la casa, que parecía flotar sobre el trémulo e impalpable espejismo de un mar inexistente. Solo a lo lejos las copas de los árboles se recortaban contra el parpadeo del cielo, como una orilla sombría e intimidatoria: una orilla engañosa, despiadada y negra.

La voz de Arsat retumbó en medio de la profunda paz:

—¡La tenía a ella! ¡La tenía! Para tenerla me habría enfrentado a toda la humanidad, pero la tenía, la tenía... y...

Sus palabras resonaron en la vacía inmensidad. Se detuvo, y pareció escuchar cómo morían muy lejos de allí, donde ya no había forma de recuperarlas. Luego dijo en voz muy baja:

—Tuan, yo quería a mi hermano.

Se estremeció al sentir una ráfaga de viento. Muy por encima de su cabeza, muy por encima del silencioso mar de niebla, entrechocaron las hojas de palma con un lúgubre sonido agónico. El hombre blanco estiró las piernas. Tenía la barbilla apoyada en el pecho, y murmuró con voz triste sin levantar la cabeza:

—Todos queremos a nuestros hermanos.

Arsat prorrumpió en un violento estallido de susurros:

—¿Y a mí qué me importaba que muriera? Yo quería encontrar la paz de mi propio corazón.

Pareció oír un leve movimiento en la casa: se puso a escuchar y enseguida se metió sin hacer ruido. El hombre blanco se puso en pie. Llegaba una brisa en forma de soplos irregulares. Las estrellas tenían un brillo más pálido, como si se hubieran retirado a las profundidades heladas del espacio infinito. Tras una ráfaga de viento frío, hubo unos pocos segundos de perfecta calma y de absoluto silencio. Y después, por detrás de la negra línea ondulada de la jungla, se alzó hacia el cielo una columna de luz dorada que se desparramó en un semicírculo por el horizonte de levante. Había salido el sol. La niebla se fue disipando, dispersándose en retazos errantes que se desvanecían en finas guirnaldas voladoras. Y la laguna quedó al descubierto, negra y bruñida, bajo las pesadas sombras al pie del muro de los árboles. Un águila blanca se elevó con un poderoso vuelo oblicuo, llegó a la claridad del sol y se vio deslumbrantemente radiante por un segundo, luego ascendió planeando hasta convertirse en una mota oscura e inmóvil que acabó desapareciendo en el azul como si hubiera abandonado la tierra para siempre. El hombre blanco, delante de la puerta, se puso a mirar hacia arriba y oyó dentro de la cabaña un entrecortado rumor de palabras confusas que culminaban en un profundo gemido. De pronto, Arsat salió tambaleándose con los brazos extendidos, temblando, y se quedó un rato quieto con los ojos fijos. Luego dijo:

—Ya no quema.

Ante su rostro, el borde del sol asomaba por encima de las copas de los árboles y ascendía a un ritmo continuado. La brisa refrescó; un enorme resplandor se esparció sobre la laguna y espejeó sobre las ondas del agua. La jungla emergió de las nítidas sombras de la mañana y se hizo diáfana, como si se hubiera acercado corriendo hasta detenerse en seco con una gran agitación de hojas, de ramas que cabeceaban y tallos que se mecían. Bajo el sol despiadado, el susurro de la vida inconsciente se hizo más fuerte, hablando con una voz incomprensible que envolvía la muda oscuridad del dolor humano. Los ojos de Arsat vagaron muy despacio hasta que se quedaron fijos en el sol naciente.

—No veo nada —dijo a media voz como si estuviera hablando consigo mismo.

—No hay nada —dijo el hombre blanco a la vez que se movía hacia el extremo de la plataforma y hacía señas a su barca. Se oyó un grito débil que atravesó la laguna y el sampán empezó a acercarse a la morada del amigo de los fantasmas.

—Si quieres venir conmigo, esperaré toda la mañana —dijo el hombre blanco mirando el agua.

—No, Tuan —contestó Arsat en voz baja—. No voy a comer ni a dormir en esta casa, pero antes tengo que encontrar mi camino. Y ahora no veo nada, ¡no veo nada! No hay luz ni hay paz en el mundo, tan solo muerte, la muerte de mucha gente. Somos hijos de la misma madre y a él lo dejé en poder de nuestros enemigos, pero ahora voy a regresar.

Exhaló un hondo suspiro y continuó en tono de sonámbulo:

—Dentro de un rato veré con claridad dónde hay que golpear... ¡golpear! Pero ella ha muerto, y ahora... ahora... la oscuridad.

Extendió los brazos, los dejó caer a lo largo del cuerpo y se quedó quieto, con el rostro impasible y los ojos de piedra, mirando fijamente el sol. El hombre blanco descendió hasta la canoa. Los remeros empezaron a hundir rítmicamente las pértigas a ambos lados de la embarcación, preocupados por el inicio de una agotadora jornada de navegación. En lo alto de la popa, con la cabeza envuelta en harapos blancos, el *juragan* tenía aspecto taciturno y dejaba que su remo se arrastrara por el agua. El hombre blanco, apoyado con ambos brazos sobre la cubierta de paja de la caseta, miraba las burbujas de la estela. Antes de que el sampán se deslizase desde la laguna a la ensenada, levantó la vista. Arsat no se había movido. Estaba en pie, a solas bajo la escrutadora luz del sol. Y miraba, más allá de la enorme claridad de un día despejado, la oscuridad del mundo de las ilusiones.

Una avanzadilla del progreso

I

Había dos blancos al cargo de la factoría comercial. Kayerts, el jefe, era bajo y gordo; Carlier, el ayudante, era alto, tenía la cabeza grande y un torso amplio que se asentaba sobre unas piernas muy largas y muy flacas. El tercer miembro del equipo era un negro de Sierra Leona que decía llamarse Henry Price. No obstante, por las razones que fueran, los nativos que vivían río abajo le habían dado el nombre de Makola, y ese nombre nunca le abandonó en todos sus desplazamientos por el territorio. Hablaba inglés y francés con una especie de gorjeo, escribía con una letra muy hermosa, sabía llevar la contabilidad y albergaba en lo más recóndito de su personalidad el culto a los espíritus malignos. Su mujer era una negra de Luanda muy corpulenta y muy ruidosa. Tres niños correteaban al sol frente a la puerta de su vivienda, que era muy baja y tenía la forma de un cobertizo. Makola, taciturno e impenetrable, despreciaba a los dos blancos. Estaba al cargo de un pequeño almacén de barro con techumbre de hierba seca, y simulaba llevar un recuento exacto de los abalorios, las piezas de algodón, las pañoletas de color rojo, el alambre de latón y las demás mercancías que allí se guardaban. Aparte del almacén y de la choza de Makola, había un extenso edificio en el terreno desbrozado donde se levantaba la factoría. Estaba muy bien construido con juncos y tenía una galería que lo rodeaba por los cuatro lados. Contenía tres habitaciones. La central era la sala de estar, donde había dos toscas mesas y unos cuantos taburetes. Las otras dos eran los dormitorios, cuyo único mobiliario era una cama y una mosquitera. Por el suelo de tablas se veían las pertenencias dispersas de los dos blancos: cajas abiertas a medio llenar, ropa de ciudad, botas viejas; es decir, todas las cosas sucias y todas las cosas rotas que se acumulan misteriosamente alrededor de los hombres desaseados. A cierta distancia de los edificios había otro habitáculo; y en él, bajo una cruz muy alta pero que no podía mantener la verticalidad, descansaba el hombre que había visto los inicios de todo aquello; el que lo había planificado todo y había supervisado la construcción de aquella avanzadilla del progreso. Había sido, en su lugar de origen, un pintor sin éxito que se hartó de perseguir la gloria con el estómago vacío, hasta que logró mover los hilos adecuados para ser enviado allá abajo y llegar a ser el primer jefe de la factoría. En la casa recién construida, con su habitual indiferencia al estilo de «Ya os lo había dicho yo», Makola vio morir de fiebres a aquel enérgico artista. Después, por algún tiempo, vivió solo con su familia, sus libros de contabilidad y el Espíritu Maligno que gobierna los territorios al sur del ecuador. Se llevaba muy bien con su dios. Y hasta es posible que hubiera hecho un trato con él a cambio de la promesa de más y más hombres blancos con los que pudiera entretenerse en el futuro. Fuera como fuese, el director de la Gran Compañía Mercantil apareció a bordo de un vapor que tenía el aspecto de una enorme lata de sardinas coronada por una caseta de techo plano, y vio que la factoría se encontraba en buen estado y que Makola seguía siendo un empleado silencioso y diligente. El director hizo colocar la cruz sobre la tumba del primer agente y nombró a Kayerts director de la factoría. Como segundo designó a Carlier. El director era un hombre despiadado y eficaz que a veces, aunque de forma casi imperceptible, se permitía algún rasgo de humor sombrío. Dio un discurso ante Kayerts y Carlier en el que les señaló las prometedoras expectativas de su factoría. El asentamiento comercial más próximo se hallaba a quinientos kilómetros. Ante ellos se presentaba la oportunidad excepcional de destacar en su oficio y de cobrar los porcentajes correspondientes a su tarea. El nombramiento era un favor que se concedía a los principiantes. La bondad del director conmovió tanto a Kayerts que estuvo a punto de echarse a llorar. Proclamó que haría todo lo posible para justificar la halagadora confianza que habían depositado en él, etcétera, etcétera. Kayerts había trabajado en el Cuerpo de Telégrafos y sabía expresarse correctamente. Carlier, que había sido suboficial de caballería en un ejército a salvo de todo peligro gracias a la vecindad de varias potencias europeas, no se sintió tan impresionado. Si podían cobrar sus comisiones, mejor que mejor; pero dejó vagar hurañamente la vista por el río, la selva y la impenetrable espesura que parecía aislar la factoría del resto del mundo, y musitó entre dientes: «Ya veremos, ya veremos».

Al día siguiente, después de descargar varias balas de artículos de algodón y unas pocas cajas de provisiones, el vapor con forma de lata de sardinas zarpó río abajo para no volver hasta seis meses más tarde. Desde la cubierta, el director saludó con un leve toque en la gorra a los dos agentes, que permanecían en la orilla haciendo ondear los sombreros, y luego se volvió hacia un viejo empleado de la Compañía que regresaba al cuartel general y le dijo:

—Mire a esos dos imbéciles. Si me mandan a estos especímenes es que los de la metrópolis se han vuelto locos. Les he dicho que planten un huerto, que levanten más almacenes y más empalizadas y que construyan un pontón para la descarga fluvial. Apuesto a que no harán nada. Seguro que no saben ni cómo empezar. Siempre he pensado que no servía de nada tener una factoría en este río, y esas dos personas son las más adecuadas para el puesto.

—Ya irán aprendiendo —dijo el empleado veterano con una sonrisa apacible.

—Sea como sea, al menos me los he quitado de encima durante los próximos seis meses.

Los dos hombres vieron cómo el vapor desaparecía por un recodo del río; luego ascendieron tomados del brazo por la ribera en pendiente y volvieron a la estación. Llevaban muy poco tiempo en ese vasto y oscuro territorio y siempre habían vivido en compañía de otros blancos y bajo la supervisión de sus superiores. Pero ahora, insensibles a las sutiles influencias del entorno, se sentían muy solos al encontrarse de repente sin ayuda alguna frente a la jungla: una jungla que se había vuelto más extraña, más incomprensible a causa de los misteriosos destellos de la vigorosa vida que encerraba en su interior. Eran dos individuos perfectamente insignificantes e ineptos que solo podían existir gracias a la elevada organización de las multitudes civilizadas. Pocas personas se dan cuenta de que su vida —la esencia misma de su carácter, de sus capacidades y de sus audacias— no es más que una manifestación de la fe que han depositado en la seguridad de su entorno. El valor, la compostura, la confianza en uno mismo; todas las emociones y todos los principios; cada pensamiento noble o insignificante que albergamos no pertenece al individuo sino a la multitud: a esa multitud que cree ciegamente en la fuerza irresistible de las instituciones y de la moral, y en el poder de la policía y de la opinión pública. Pero el contacto con la pura e ilimitada vida salvaje, con la naturaleza primitiva y con el hombre primitivo, provoca en el corazón un súbito estallido de hondas perturbaciones. Además de la sensación de vivir alejado de los que son como uno mismo, y además de la vívida percepción de la soledad de los pensamientos y de las emociones —ante la negación de lo que es habitual y nos hace sentir seguros—, se añade ahora la presencia de lo insólito que se vuelve peligroso: la aparición de cosas confusas, incontrolables y repulsivas, cuya corruptora intrusión excita la imaginación y pone a prueba los nervios civilizados tanto del necio como del sabio.

Kayerts y Carlier fueron caminando cogidos del brazo, muy cerca el uno del otro como niños en medio de la oscuridad. Los dos compartían la misma sensación, no del todo desagradable, de los peligros que uno medio sospecha como imaginarios. Conversaban insistentemente en el tono habitual.

—Nuestra factoría está muy bien situada —dijo uno.

El otro asintió con entusiasmo y se embarcó en una prolija descripción de las bellezas del lugar. Pero entonces pasaron frente a la tumba.

—¡Pobre diablo! —dijo Kayerts.

—Murió de fiebre, ¿no? —musitó Carlier al tiempo que se detenía en seco.

—Claro —replicó Kayerts, indignado—, me contaron que ese tipo se había expuesto imprudentemente al sol. Todo el mundo sabe que el clima de aquí no es en absoluto peor que el de casa, siempre que uno se mantenga apartado del sol. ¿Oye eso, Carlier? Soy el jefe de esto y le ordeno que no se exponga usted jamás al sol.

Kayerts adoptaba un tono jovial para ejercer su autoridad, pero estaba hablando muy en serio. La idea de que algún día, quizá, tuviera que enterrar a Carlier y quedarse solo le provocaba estremecimientos. Y de pronto sintió que ese tal Carlier le resultaba mucho más necesario aquí, en el centro de África, que un hermano en cualquier otro lugar del mundo. Carlier captó enseguida el espíritu de la situación: hizo un saludo militar y respondió en tono decidido:

—¡A sus órdenes, jefe!

Luego soltó una carcajada, le dio una palmada a Kayerts en la espalda y gritó:

—Dejaremos pasar la vida tranquilamente. Nos limitaremos a recoger el marfil que nos traigan esos salvajes. Al fin y al cabo, este territorio tiene sus cosas buenas.

Los dos soltaron una ruidosa carcajada y Carlier pensó: «El pobre Kayerts está tan gordo y tiene un aspecto tan enfermizo... Sería horrible tener que enterrarlo aquí. Es un hombre al que respeto...». Antes de llegar a la veranda de su casa, los dos ya se llamaban «mi querido amigo».

El primer día se mostraron muy activos y se pusieron a trastear con clavos y martillos y piezas de percal rojo: decididos a instalarse confortablemente en su nueva vida, colgaron cortinas e hicieron todo lo posible para que su vivienda fuera un lugar acogedor y habitable. Pero al final se demostró que era una tarea imposible. Enfrentarse con eficacia a problemas simplemente materiales exige mucha más serenidad de espíritu y mucho más valor de lo que la gente se cree. Y no había dos personas menos capacitadas para ese propósito que ellos dos. La sociedad —no por compasión, sino por sus extrañas exigencias— se había ocupado de aquellos dos hombres y les había negado todo pensamiento independiente, toda iniciativa y toda idea que se apartara de la rutina, y se lo había prohibido, además, bajo pena de muerte. Solo podían vivir a condición de que fueran máquinas. Y ahora, liberados de la guarda y custodia que les proporcionaban los hombres con una pluma en la oreja, o los hombres con galones dorados en las mangas, eran como esos condenados a cadena perpetua que, liberados tras largos años de presidio, no saben qué hacer con su libertad. Y ellos no sabían qué hacer con sus aptitudes, ya que los dos eran, por falta de práctica, personas incapaces de albergar cualquier clase de pensamiento independiente.

Dos meses más tarde, Kayerts solía decir: «Si no fuera por mi Melie, ni de broma estaría yo aquí». Melie era su hija. Kayerts había renunciado a su puesto en el Cuerpo de Telégrafos, a pesar de que había sido perfectamente feliz durante los diecisiete años que pasó allí, porque quería pagar la dote de su hija. Como su mujer había muerto, sus hermanas habían tenido que hacerse cargo de la niña. Kayerts echaba de menos las calles, el adoquinado, los cafés y a sus amigos de toda la vida; todo cuanto veía a diario; los pensamientos que le sugerían las cosas familiares, es decir, los pensamientos espontáneos, monótonos y tranquilizadores de un empleado del Gobierno. Y echaba de menos los cotilleos, las mezquinas enemistades, el dulce veneno y las bromitas de las dependencias oficiales. «Si hubiera tenido un cuñado decente —solía comentar Carlier—, un tipo de buen corazón, yo no estaría aquí.» El hombre se había dado de baja del ejército, y luego se había vuelto tan insoportable para su familia por culpa de su holgazanería y su desvergüenza que su furioso cuñado había hecho esfuerzos sobrehumanos por conseguirle un destino en la Compañía como agente de segunda clase. Como no tenía un céntimo, Carlier se vio obligado a aceptar ese medio de vida en cuanto se dio cuenta de que ya no podía rapiñar nada más de sus familiares. Pero él también echaba de menos su vida pasada, igual que Kayerts. Echaba de menos el repiqueteo del sable y de las espuelas en las tardes soleadas, las bromas ingeniosas del cuartel, las chicas de las ciudades de guarnición; pero, además, se sentía agraviado. Estaba claro que era un hombre al que no le habían sabido sacar ningún partido. Y eso lo ponía a veces de mal humor. Pero los dos hombres se llevaban bien gracias a la camaradería que los unía por su holgazanería y su estupidez. Juntos no hacían nada de nada, y disfrutaban al saber que recibían un salario por su haraganería. A su debido tiempo, los dos llegaron a sentir algo parecido al afecto mutuo.

Vivían como ciegos en una habitación enorme, solo conscientes de lo que tocaban (y eso, de un modo muy imperfecto), pero incapaces de percibir el aspecto general de las cosas. El río, la jungla, todo aquel territorio bullicioso de vida, eran como un gran vacío. Hasta el mismo sol resplandeciente no revelaba nada que fuera inteligible. Las cosas aparecían y desaparecían frente a sus ojos de una forma inconexa que carecía de propósito. El río parecía llegar de ninguna parte y correr hacia ninguna parte, como si fluyera en medio del vacío. A veces surgían canoas de aquel vacío, y de repente unos hombres con lanzas en las manos se apelotonaban en el patio de la factoría. Iban desnudos, eran de un negro lustroso, se decoraban el cuerpo con conchas tan blancas como la nieve y relucientes alambres de latón y tenían los miembros perfectos. Cuando hablaban, emitían un tosco farfulleo, se movían con ademanes solemnes y lanzaban miradas rápidas y feroces que salían de unos ojos pasmados que nunca se estaban quietos. Los guerreros se acuclillaban delante de la veranda en largas filas de cuatro o más en fondo, mientras sus jefes regateaban con Makola durante horas por un colmillo de elefante. Kayerts se sentaba en la silla y observaba las negociaciones sin entender nada. Los escrutaba con sus redondos ojos azules y llamaba a Carlier:

—Ven, mira a aquel tipo de allí, y mira a aquel otro, a su izquierda. ¿Has visto en la vida una cara como esa? ¡Vaya bicho más raro!

Carlier, que fumaba tabaco nativo en una pipa corta de madera, se acercaba pavoneándose mientras se retorcía el bigote, inspeccionaba a los guerreros con altiva indulgencia y luego decía:

—Hermosos animales. ¿Han traído huesos? ¿Sí? Pues ya era hora. Mira los músculos de aquel tiparraco, el tercero por el final. No me gustaría que me diera un puñetazo en la nariz. Tiene buenos brazos, pero las piernas flojean por debajo de la rodilla. Con estos tipos no podría formar buenos soldados de caballería. —Y después de mirarse con agrado las propias pantorrillas, siempre concluía—: ¡Uf, qué peste! Makola, llévate el rebaño al fetiche (en todas las factorías se llamaba fetiche al almacén, tal vez a causa del espíritu de la civilización que moraba allí) y dales las baratijas que tengas. Prefiero que esté lleno de huesos en vez de trapos.

Kayerts asentía.

—¡Sí! ¡Sí! Señor Makola, que terminen la cháchara allí. Me pasaré cuando usted lo tenga todo listo para pesar el colmillo. Debemos ir con cuidado. —Y luego se volvía hacia su compañero—: Es la tribu que vive río abajo; son de los aromáticos. Ahora que me acuerdo, ya estuvieron una vez aquí. ¿Oyes ese alboroto? ¡Lo que tenemos que soportar en este condenado país! Me va a estallar la cabeza.

Pero aquellas provechosas visitas no eran muy frecuentes. Durante días y días, aquellos dos pioneros del comercio y del progreso tenían que contemplar el patio vacío bajo el vibrante resplandor del sol que caía en vertical. Por debajo del talud de la ribera, el silencioso río discurría radiante y tenaz. En los bancos de arena que había en medio de la corriente, hipopótamos y cocodrilos tomaban el sol unos al lado de otros. Y extendiéndose por todas partes, rodeando el insignificante calvero de la factoría comercial, la gigantesca selva —que ocultaba las fatídicas complicaciones de la vida desconocida— yacía en el elocuente silencio de la muda grandeza. Y los dos hombres no entendían nada y no se preocupaban de nada que no fuese el transcurso de los días que los separaban del regreso del vapor. Su predecesor había dejado en la factoría algunos libros manoseados. Y ellos cogían esas novelas destartaladas, y como nunca antes habían leído nada de esa naturaleza, se sentían sorprendidos y divertidos. Y después, durante largos días, mantenían interminables y estúpidas discusiones sobre tramas y personajes. En el centro de África tuvieron el gusto de conocer a Richelieu y a D'Artagnan, a Ojo de Halcón y a Papá Goriot y a muchas otras criaturas. Y estos personajes imaginarios fueron objeto de chismorreos como si hubieran sido sus amigos de carne y hueso. Y así, menospreciaban sus virtudes, recelaban de sus motivaciones, censuraban sus éxitos; se escandalizaban por su duplicidad y dudaban de su coraje. Las crónicas de crímenes les hacían rebosar de indignación, mientras que los pasajes sentimentales o patéticos los conmovían hasta las entrañas. Carlier se aclaraba la garganta y proclamaba con voz marcial: «¡Qué tonterías!». Y Kayerts, con los ojos redondos empañados de lágrimas y un temblor que le sacudía las regordetas mejillas, se acariciaba la calva cabeza y exclamaba: «Vaya libro espléndido. No tenía ni idea de que hubiera en el mundo unos tipos tan listos». También encontraron varios ejemplares atrasados de un periódico de la metrópoli. Aquella publicación analizaba con lenguaje rimbombante lo que se complacía en llamar *Nuestra Expansión Colonial*. Hablaba de los derechos y deberes de la civilización, de la sagrada labor civilizadora, y exaltaba los méritos de aquellos que llevaban la luz y la fe y el comercio a los confines más oscuros de la tierra. Al leer aquello, Carlier y Kayerts empezaron a tener una mejor idea de sí mismos. Una noche, Carlier dijo mientras movía la mano de un lado a otro:

—Dentro de cien años, a lo mejor habrá una ciudad aquí. Con muelles, almacenes y cuarteles, y con... y con... salones de billar. La civilización, amigo mío, y la virtud y todo eso. Y cuando eso ocurra, la gente leerá que dos buenos tipos, Kayerts y Carlier, fueron los primeros hombres civilizados que vivieron en este lugar.

Kayerts le dio la razón.

—Sí, es un consuelo pensar eso.

Parecían haberse olvidado de su predecesor muerto. Pero un día, a primera hora, Carlier fue a enderezar la cruz de la tumba.

—Cuando pasaba por allí tenía que apartar la vista —le explicó a Kayerts mientras tomaban el café del desayuno—. Sí, tenía que apartar la vista al verla tan ladeada. Así que la he puesto recta. Y ahora está bien sujeta, te lo aseguro. Me apoyé con las dos manos en los brazos de la cruz y no se desplazó. Lo he hecho todo como debía.

A veces, Gobila iba a visitarlos. Gobila era el jefe de los poblados de los alrededores. Era un salvaje de cabellos grises, flaco y negro, con un taparrabos blanco en la cintura y una piel sarnosa de pantera colgando de la espalda. Caminaba dando largas zancadas con sus piernas esqueléticas y blandiendo un bastón tan alto como él mismo, y cuando entraba en la sala de reuniones de la factoría, se acuclillaba sobre los talones a la izquierda de la puerta. Y allí se quedaba, observando a Kayerts y soltando de vez en cuando un discurso que el otro no entendía. Kayerts, sin interrumpir sus ocupaciones, decía de vez en cuando en tono amistoso: «¿Cómo va todo, viejo ídolo?», y los dos se sonreían. Los dos blancos sentían aprecio por aquella anciana e incomprensible criatura y le llamaban Papá Gobila. Gobila tenía una actitud paternal y parecía querer de verdad a todos los hombres blancos. Todos le parecían muy jóvenes y todos le parecían idénticos (salvo por la estatura), y sabía que todos ellos eran hermanos y también inmortales. La muerte del artista, que había sido el primer blanco al que había tratado de cerca, no había alterado esa impresión, ya que estaba firmemente convencido de que el forastero blanco había fingido su muerte y se había hecho enterrar por algún designio misterioso que solo él conocía y que resultaba inútil analizar. ¿No sería tal vez una forma de regresar a su país de origen? En cualquier caso, aquellos blancos eran sus hermanos y él les había transferido el absurdo afecto que sentía por su predecesor. Y ellos dos le correspondían en cierto modo. Carlier le daba palmaditas en la espalda y no paraba de encenderle cerillas para divertirlo. Y Kayerts siempre estaba dispuesto a dejarle oler el frasco de amoníaco. En resumen, se comportaban igual que aquella otra criatura que se había escondido en un agujero del suelo. Gobila los miraba con atención: tal vez eran el mismo ser que el otro, o al menos uno de ellos lo era. No lo tenía muy claro y no podía aclarar el misterio, pero seguía siendo su amigo. Y como consecuencia de aquella amistad, las mujeres del poblado de Gobila caminaban cada mañana en fila india a través de los carrizos y traían a la factoría gallinas y batatas y vino de palma y en ocasiones hasta una cabra. La Compañía nunca aprovisionaba del todo las factorías, así que los agentes necesitaban los suministros locales para sobrevivir. Gracias a la buena voluntad de Gobila podían vivir muy bien.

De vez en cuando uno de los dos tenía un ataque de fiebre y el otro lo cuidaba con cariñosa devoción. Ninguno pensaba mucho en la fiebre, a pesar de que los dejaba muy debilitados y desmejorados. Carlier tenía los ojos hundidos y se mostraba irritable. Kayerts tenía la cara fláccida y tirante sobre su estómago aún prominente, cosa que le daba un aspecto muy extraño. Pero como estaban siempre juntos, no notaron los cambios que habían alterado su aspecto físico y también su disposición de ánimo.

Y de este modo pasaron cinco meses.

Y entonces, una mañana, cuando Kayerts y Carlier, repantigados en sus sillas bajo la veranda, charlaban sobre la próxima llegada del vapor, un grupo de hombres armados salió de la jungla y avanzó hacia la factoría. Eran extraños en aquella parte del país. Eran altos, ágiles, iban vestidos a la manera tradicional con telas de color azul con flecos que les cubrían desde el cuello hasta los talones, y llevaban mosquetes de percusión sobre el desnudo hombro derecho. Makola dio muestras de nerviosismo y salió corriendo del almacén (donde pasaba todo el tiempo) a recibir a los visitantes. Los hombres entraron en el patio y miraron en torno suyo con ojos firmes y desdeñosos. El jefe, un negro vigoroso de aire decidido y con los ojos inyectados en sangre, se plantó delante de la veranda y soltó un largo discurso. Gesticulaba mucho, y dejó de hablar de forma muy abrupta.

En el tono, en los sonidos de las largas frases que usaba, había algo que sobresaltó a los dos blancos. Era como una reminiscencia de algo no exactamente familiar pero que se parecía mucho al habla de una persona civilizada. Sonaba como uno de esos idiomas imposibles que a veces oímos en sueños.

—¿Qué clase de jerigonza es esa? —preguntó el perplejo Carlier—. Al principio creía que ese tipo iba a hablar en francés. Sea lo que sea, es distinto de la cháchara que hemos oído por aquí.

—Sí —replicó Kayerts—. Oye, Makola, ¿qué dice? ¿De dónde vienen? ¿Qué quieren?

Pero Makola, que parecía estar caminando sobre ladrillos al rojo vivo, contestó atropelladamente:

—No lo sé. Vienen de muy lejos. Tal vez la señora Price sepa entenderlos. Puede que sean malos hombres.

El jefe, después de esperar un rato, dijo algo a Makola en tono brusco, y este negó con la cabeza. Y entonces el hombre miró a su alrededor, y al ver la choza de Makola, se dirigió hacia allí. Al instante se oyó a la señora Makola hablando con gran locuacidad. Los demás extraños —eran seis en total— empezaron a deambular por la factoría con aire desenvuelto, asomaron la cabeza por la puerta del almacén, se congregaron frente a la tumba, señalaron la cruz con un gesto de complicidad y se comportaron como si estuvieran en su propia casa.

—No me gustan esos tipos, y mira lo que te digo, Kayerts, tienen que ser de la costa porque llevan armas de fuego —observó el sagaz Carlier.

A Kayerts tampoco le gustaban aquellos tipos. Y por primera vez, los dos se dieron cuenta de que vivían en unas condiciones en las que lo insólito podía resultar peligroso, y de que no había ningún poder en la tierra —salvo el suyo propio— que pudiera protegerlos de lo insólito. Inquietos, se metieron en la casa y cargaron los revólveres. Kayerts dijo:

—Tenemos que ordenarle a Makola que les diga que se vayan antes de que se haga de noche.

Los extraños se fueron por la tarde después de comer lo que les preparó la señora Makola. La inmensa mujer parecía nerviosa y hablaba mucho con los visitantes. Parloteaba en tono muy agudo y señalaba por aquí y por allá la jungla y el río. Makola se mantenía alejado, observándolos. De vez en cuando se levantaba y susurraba algo al oído de su mujer. Acompañó a los extraños hasta el barranco que había detrás de la factoría y regresó muy despacio, con aspecto pensativo. Al ser interrogado por los blancos, se comportó de forma muy extraña: parecía no entender nada, parecía haber olvidado el francés y hasta parecía haber olvidado el simple hecho de hablar. Kayerts y Carlier concluyeron que el negro había bebido demasiado vino de palma.

Comentaron si deberían montar guardia por turnos, pero por la noche todo estaba tan tranquilo que se fueron a dormir como hacían siempre. Pero durante toda la noche les asaltó el ruido de los tambores que sonaban en los poblados. Se oía cerca un sordo redoble muy rápido, y luego le seguía otro mucho más lejano, y después se hacía el silencio. Y luego se oían breves llamadas que resonaban por un lado y por otro, y luego todas se mezclaban, aumentaban de tono, se volvían potentes y continuas y se esparcían por toda la jungla, retumbando durante toda la noche, incesantes, muy cerca y muy lejos, como si toda la tierra fuese un inmenso tambor que lanzara sin parar un llamamiento al cielo. Y en medio de ese tremendo fragor, se oían bruscos alaridos que parecían fragmentos de canciones surgidas de un manicomio y que se proyectaban en forma de chorros discordantes de sonido que parecían elevarse muy por encima de la tierra hasta arrebatar toda la paz que había bajo las estrellas.

Carlier y Kayerts durmieron muy mal. Los dos creyeron oír disparos durante la noche, aunque no supieron ponerse de acuerdo acerca de la dirección de dónde venían. Por la mañana, Makola se fue a algún sitio. Volvió a eso del mediodía con uno de los extraños del día anterior y evitó todos los intentos que hizo Kayerts de conversar con él: parecía haberse vuelto sordo. Carlier, que se había ido a pescar a la ribera del río, volvió y comentó mientras mostraba sus capturas:

—Parece que los negros andan alborotados. Creo que se está fraguando algo. En las dos horas que he estado pescando he visto unas quince canoas cruzar el río.

Kayerts, preocupado, contestó:

—¿No está hoy Makola muy raro?

Carlier le aconsejó:

—Hay que reunir a todos los hombres por si tenemos problemas.

II

El director había dejado diez hombres en la factoría. Esos tipos, que se habían comprometido a trabajar para la Compañía durante seis meses (sin tener ni idea de lo que significaba un mes en particular y solo una muy vaga noción del tiempo en general), habían estado sirviendo a la causa del progreso durante algo más de dos años. Como pertenecían a una tribu muy distante de la tierra de la oscuridad y el dolor, no se atrevían a huir porque imaginaban que los habitantes de aquella región los matarían por ser unos vagabundos desconocidos, cosa en la que tenían toda la razón. Vivían en chozas de paja en la ladera erizada de yerbajos del barranco, justo detrás de los edificios de la factoría. No eran felices y echaban de menos las súplicas alegres, las brujerías y los sacrificios humanos de su propia tierra, donde también tenían padres, hermanos, hermanas, jefes admirados, magos respetados, amigos queridos y otros vínculos de los generalmente considerados humanos. Además, las raciones de arroz que les proporcionaba la Compañía no les sentaban bien, ya que era un alimento desconocido en su tierra y al que no lograban acostumbrarse. En consecuencia, se sentían enfermos y desdichados. Si hubieran pertenecido a cualquier otra tribu, se habrían decidido a morir —pues no hay nada más fácil para ciertos salvajes que suicidarse— y así habrían escapado de las desconcertantes dificultades de la vida. Pero como pertenecían a una tribu de espíritu guerrero que llevaba los dientes afilados, tenían mucha más resistencia, así que seguían viviendo estúpidamente a pesar de las enfermedades y las tribulaciones. Trabajaban muy poco y habían perdido su espléndida forma física. Carlier y Kayerts les prestaban continuos cuidados médicos sin conseguir devolverles la salud. Cada mañana se congregaban para recibir las instrucciones de las tareas del día —cortar hierba, levantar empalizadas, talar árboles, etc., etc.— que ningún poder terrenal podría conseguir que llevaran a cabo con eficacia. Los dos blancos apenas ejercían ningún control sobre ellos.

Por la tarde, Makola fue a la casa grande y se encontró a Kayerts observando tres grandes columnas de humo que salían de la jungla.

—¿Qué es eso? —preguntó Kayerts.

—Están ardiendo poblados —contestó Makola, que parecía haber recuperado el juicio. Y luego dijo de pronto—: Tenemos muy poco marfil. Estos seis meses han sido malos para el comercio. ¿Querrían conseguir más marfil?

—Sí —contestó Kayerts, excitado, pensando en los bajos porcentajes que ahora les correspondían.

—Los hombres que llegaron ayer son comerciantes de Luanda que tienen más marfil del que pueden llevarse a su aldea. ¿Quieren que se lo compre? Sé dónde tienen el campamento.

—Sí —dijo Kayerts—. ¿Quiénes son esos comerciantes?

—Malos tipos —contestó Makola con aire indiferente—. Luchan con la gente y capturan mujeres y niños. Son hombres malos y tienen armas. Hay un gran desorden en la región. ¿Quieren el marfil?

—Sí —replicó Kayerts. Makola se quedó un rato callado. Luego dijo—: Nuestros trabajadores no sirven de nada —musitó, mirando a su alrededor—. La factoría está en desorden, señor. El director se quejará. Es mejor conseguir un buen cargamento de marfil, y entonces no dirá nada.

—No puedo hacer nada, los hombres no quieren trabajar —dijo Kayerts—. ¿Cuándo conseguirás el marfil?

—Muy pronto —contestó Makola—, quizá esta noche. Déjeme hacerlo todo, señor, y no salgan de la casa. Creo que sería conveniente dar vino de palma a nuestros hombres para que esta noche se pongan a bailar. Que se diviertan. Mañana trabajarán mejor. Hay mucho vino de palma, y ya ha empezado a ponerse agrio.

Kayerts le dijo que sí y Makola llevó con sus propias manos unas grandes calabazas que dejó frente a la puerta de su choza. Allí se quedaron hasta la noche y la señora Makola fue inspeccionándolas una por una. Los hombres las cogieron a la puesta del sol. Cuando Kayerts y Carlier se retiraron, una enorme hoguera ardía frente a las chozas de los hombres. Se oían los gritos y los tambores. Algunos hombres del poblado de Gobila se habían unido a los empleados de la factoría y la fiesta tenía un gran éxito.

A media noche, Carlier se despertó de repente y oyó el grito estentóreo de un hombre. Luego se oyó un disparo, solo uno. Carlier salió de la habitación y se encontró con Kayerts en la veranda. Los dos estaban sobresaltados. Cuando cruzaban el patio para avisar a Makola, vieron sombras que se movían en medio de la oscuridad. Una de ellas gritó: «¡No disparen! ¡Soy yo, Price!». Y en ese momento apareció Makola.

—Vuelvan, vuelvan a la casa, por favor —les suplicó—, lo están echando todo a perder.

—Hay gente rara por aquí —dijo Carlier.

—No se preocupen, ya lo sé —dijo Makola. Y después susurró—: Muy bien, traeré el marfil. No digan nada. Sé hacer mi trabajo.

Los dos blancos volvieron a regañadientes a la casa, pero no pudieron dormir. Oyeron pasos, susurros, algunos gemidos. Parecía como si una muchedumbre entrara en la factoría, descargara cosas muy pesadas, discutiera durante un buen rato y luego se marchase. Mientras yacían en sus duros jergones, pensaban: «Este Makola no tiene precio». Por la mañana, Carlier salió al patio, adormilado, y tiró de la cuerda de la campana. Cada mañana, los empleados de la factoría se reunían en el patio cuando sonaban las campanadas. Pero aquella mañana no apareció nadie. Kayerts también salió, bostezando. Vieron a Makola, al otro lado del patio, saliendo de su choza con una palangana de metal llena de agua jabonosa en la mano. Makola era un negro civilizado y cuidaba mucho el aseo personal. Con destreza, arrojó el agua sucia sobre un desgraciado chucho de color amarillo que tenía, y después volvió el rostro hacia la casa de los agentes y gritó desde lejos:

—¡Esta noche se han ido todos los hombres!

Lo habían oído la mar de bien, pero su sorpresa fue tal que los dos exclamaron al unísono: «¿Qué?». Luego se quedaron los dos mirándose el uno al otro.

—Ahora sí que estamos metidos en un buen lío —gruñó Carlier.

—¡Es increíble! —rezongó Kayerts.

—Voy a las chozas a ver qué ha pasado —dijo

Carlier mientras se ponía en marcha a grandes zancadas.

Makola se acercó cuando Kayerts estaba solo en el patio.

—¡No me lo puedo creer! —exclamó Kayerts, en tono lacrimógeno—. Los cuidábamos como si fuesen nuestros propios hijos.

—Se fueron con la gente de la costa —dijo Makola tras un momento de duda.

—¿Y a mí qué me importa con quién se fueron esos animales desagradecidos? —exclamó el otro. Pero entonces, asaltado por una súbita sospecha, miró fijamente a Makola y le preguntó—: ¿Y tú qué sabes de todo esto?

Makola movió los hombros con la vista fija en el suelo.

—¿Y yo qué voy a saber? Yo solo pienso. Venga a ver el marfil que tengo en el almacén. Es un gran cargamento. Usted no ha visto nada que se le parezca.

Echó a andar hacia el almacén. Kayerts le siguió mecánicamente pensando en la asombrosa deserción de sus hombres. En el suelo, frente a la entrada del fetiche, había seis colmillos espléndidos.

—¿Qué les has dado a cambio de esto? —preguntó Kayerts después de inspeccionar satisfecho el cargamento.

—No ha sido comercio habitual —dijo Makola—. Trajeron el marfil y me lo dieron. Les dije que se llevaran lo que más les gustase de la factoría. Era un buen cargamento: en ninguna factoría tendrán colmillos como estos. Pero esos comerciantes necesitaban porteadores y nuestros hombres aquí no hacían nada útil. Como no he gastado nada, no he apuntado nada en los libros. Todo correcto.

Kayerts estuvo a punto de estallar de indignación.

—¿Qué? —gritó—. ¿Has entregado a nuestros hombres a cambio de los colmillos? —Makola permanecía impasible, sin decir nada—. Yo... yo... yo... —tartamudeaba Kayerts—. ¡Maldito demonio! —chilló.

—He hecho lo mejor para usted y para la Compañía —contestó Makola, imperturbable—. ¿Por qué grita usted tanto? Mire ese colmillo.

—Estás despedido. Daré parte sobre tu conducta. Y no voy a mirar ese marfil. Te prohíbo que lo toques. Y te voy a ordenar que lo arrojes al río. Eres un... un...

—Se ha puesto usted muy rojo, señor Kayerts. Si se irrita tanto bajo el sol, cogerá fiebre y se morirá. ¡Igual que el primer jefe! —declaró solemnemente Makola.

Se quedaron quietos, mirándose el uno al otro con ojos desencajados, como si intentaran escudriñar con mucho esfuerzo a través de enormes distancias. Kayerts tiritaba. Makola no había dicho nada con segundas intenciones, pero Kayerts adivinaba en sus palabras una ominosa amenaza. Se dio la vuelta de repente y echó a andar hacia la casa. Makola regresó al seno del hogar. Y los colmillos, abandonados frente al almacén, parecían enormes y valiosos bajo el impacto del sol.

Carlier regresó a la veranda.

—¿Se han ido todos? —preguntó Kayerts, con

voz ahogada, desde el extremo más alejado de la sala principal—. ¿No has podido encontrar a nadie?

—Oh, sí —contestó Carlier—. Me he encontrado muerto a uno de los hombres de Gobila delante de las chozas. Le habían pegado un tiro. Fue el disparo que oímos anoche.

Kayerts salió muy deprisa de la sala. Encontró a su compañero observando sombrío los colmillos del patio, allá lejos, frente al almacén. Los dos se mantuvieron un rato en silencio. Después, Kayerts le contó a Carlier la conversación que había mantenido con Makola. Carlier no dijo nada. Durante el almuerzo apenas probaron bocado. Aquel día casi no se hablaron. Un vasto y pesado silencio parecía planear sobre la factoría y aquel silencio les sellaba los labios. Makola no abrió el almacén; se pasó el día jugando con sus hijos. Se tendió cuan largo era sobre una esterilla, delante de la puerta, y los niños se sentaban sobre su pecho y se encaramaban sobre todo su cuerpo. Era una imagen conmovedora. La señora Makola se pasó el día cocinando, como de costumbre. Los hombres blancos, por la noche, cenaron un poco mejor. Después, Carlier se fue muy despacio hasta el almacén fumando su pipa. Estuvo un buen rato observando los colmillos, tocó uno o dos con el pie y hasta intentó levantar el más grande por el extremo más delgado. Volvió hasta donde estaba su jefe, que no se había movido de la veranda, se arrojó sobre la silla y dijo:

—Ya sé lo que pasó. Los atraparon cuando dormían borrachos como cubas, después de beberse todo ese vino de palma que dejaste que Makola les diera. Fue un engaño perfecto. ¿Ves? Lo malo es que había gente de Makola en las chozas y a esos también se los llevaron, seguro. El que estaba menos borracho se despertó y le pegaron un tiro justamente porque no estaba borracho. Qué país más raro es este. ¿Y ahora qué hacemos?

—No podemos tocar el marfil —dijo Kayerts.

—Por supuesto que no —asintió Carlier.

—La esclavitud es una cosa horrible —balbuceó Kayerts con voz vacilante.

—Espantosa —gruñó Carlier, muy convencido de lo que decía—. ¡Todo ese sufrimiento!

Creían en lo que decían. Todos se muestran respetuosos con los sonidos que emiten ellos mismos y sus congéneres. Pero en realidad la gente no sabe nada de los sentimientos. Hablamos con indignación o con entusiasmo; hablamos de la opresión, de la crueldad, de los crímenes, de la devoción, de la abnegación o de la virtud, pero no sabemos nada de nada de lo que hay más allá de las palabras. Nadie sabe lo que significa realmente el sacrificio o el sufrimiento: nadie, salvo quizá las víctimas de los misteriosos propósitos creados por estas ilusiones.

A la mañana siguiente vieron a Makola muy atareado en colocar en el patio la gran balanza que se usaba para pesar el marfil. Al poco tiempo, Carlier dijo:

—¿Qué está haciendo ese canalla asqueroso? —Y enseguida bajó al patio.

Kayerts le siguió. Los dos se pusieron a observar a Makola, que no les hizo ningún caso. Cuando la báscula estuvo bien instalada, intentó colocar un colmillo en uno de los platos. Era demasiado pesado. Levantó la vista, impotente, sin decir una palabra, y durante un minuto los tres permanecieron alrededor de la báscula tan silenciosos e inmóviles como estatuas. De pronto, Carlier dijo:

—¡Coge la otra punta, Makola, so animal!

Juntos, los dos subieron el colmillo a la báscula. Kayerts temblaba de la cabeza a los pies. Murmuraba: «¡Caramba, caramba!». Metió las manos en los bolsillos y encontró un sucio pedazo de papel y un lápiz mordisqueado. Dio la espalda a los otros dos, como si estuviera a punto de hacer trampas, y empezó a anotar furtivamente el peso de los colmillos que Carlier le gritaba con una voz innecesariamente fuerte. Cuando acabó la operación, Makola se dijo en voz baja: «El sol es demasiado fuerte para los colmillos». Carlier le dijo a Kayerts en tono desenvuelto:

—Jefe, no estaría mal que le ayudara a llevar el cargamento al almacén.

Cuando volvían a la casa, Kayerts observó mientras daba un suspiro:

—Había que hacerlo.

Carlier le contestó:

—Sí, es lamentable, pero si los hombres eran los hombres de la Compañía, el marfil es el marfil de la Compañía. Estamos obligados a hacernos cargo.

—Por supuesto, daré parte al director —dijo Kayerts.

—Claro, lo mejor es que lo decida él —asintió Carlier.

A mediodía tomaron un buen almuerzo. De vez en cuando, Kayerts soltaba un suspiro. Cada vez que salía a relucir el nombre de Makola, le añadían un epíteto insultante. Eso les aliviaba la conciencia. Makola se concedió unas pequeñas vacaciones y fue a bañar a sus hijos al río. Aquel día, ningún habitante de los poblados de Gobila se acercó a la factoría. Tampoco se acercó nadie al día siguiente, ni al siguiente, ni durante el resto de la semana. A juzgar por las señales de vida, la tribu de Gobila debía de estar muerta y enterrada. Pero en realidad estaba de luto por los miembros de la tribu que les habían sido arrebatados por culpa de la brujería de los hombres blancos, que habían dejado entrar a personas malvadas en su territorio. Las personas malvadas se habían ido, pero el temor permanecía. El temor nunca se desvanece. Un hombre podrá destruir todo lo que tiene dentro, el amor y el odio y la fe, o incluso las dudas; pero mientras se aferre a la vida, jamás podrá destruir el temor: el temor sutil, indestructible y terrible que se ha apoderado de su ser; el temor que contamina sus pensamientos, que acecha en su corazón, que vigila en sus labios la agonía del último suspiro. Y atrapado por el temor, el viejo y bondadoso Gobila ofrecía más sacrificios humanos a todos los espíritus malignos que se habían apoderado de sus amigos blancos. Se le encogía el corazón. Algunos guerreros hablaban de quemar y matar, pero el prudente y anciano salvaje les disuadió de hacerlo. ¿Quién podía prever las desgracias que aquellas misteriosas criaturas podrían causar si se enfadaban? Había que dejarlas en paz. Tal vez algún día desaparecerían bajo tierra como había desaparecido el primero que llegó. Su pueblo tenía que mantenerse apartado de los blancos y confiar en que ocurriera lo mejor posible.

Kayerts y Carlier no desaparecieron, sino que permanecieron en la superficie de la tierra, una tierra que ahora les parecía mucho más grande y mucho más vacía. Y lo que ahora les conmovía no era la absoluta y muda soledad de la factoría, sino el sentimiento inarticulado de que se había roto algo que había dentro de ellos, algo que actuaba en defensa propia y que había impedido que la jungla se apoderase de sus corazones. Las imágenes del hogar, los recuerdos de la gente como ellos, de hombres que pensaban y sentían igual que ellos solían hacerlo, se fueron alejando hasta perderse en una distancia que el resplandor de un sol sin nubes hacía indistinguible. Y como si surgieran del gigantesco silencio de la jungla circundante, la desesperación y el salvajismo parecían aproximarse cada vez más a ellos, y los iban atrayendo suavemente, los arrastraban y los envolvían con una cortesía que resultaba irresistible, familiar y repugnante.

Los días se convirtieron en semanas y las semanas en meses. La tribu de Gobila tocaba los tambores y aullaba con cada nueva luna, igual que antes, pero se mantenía alejada de la factoría. Makola y Carlier fueron en canoa a intentar restablecer la comunicación, pero los recibieron con una lluvia de flechas y tuvieron que volver a toda prisa a la factoría con grave riesgo de su vida. Aquel incidente provocó un tumulto río arriba y río abajo que se oyó durante días. El vapor se retrasaba. Al principio, los dos hablaban del retraso con humor, luego con inquietud, después con desánimo. El asunto era grave. Se estaban agotando las existencias. Carlier pescaba en la ribera del río, pero el caudal había disminuido mucho y los peces no se acercaban a la orilla. Les daba miedo alejarse de la factoría para cazar, pero tampoco había nada que cazar en la jungla impenetrable. En cierta ocasión, Carlier mató un hipopótamo en el río, pero como no tenían barca para transportarlo, el animal se hundió. Y cuando salió a la superficie, la corriente lo arrastró río abajo, así que fueron los hombres de Gobila los que se quedaron con el cadáver. Aquello dio ocasión a celebrar una especie de fiesta nacional, pero Carlier tuvo un ataque de rabia y proclamó que había que exterminar a todos los negros si querían que aquel territorio fuera habitable. Kayerts permanecía en silencio y se pasaba la vida mirando el retrato de su querida Melie. En él se podía ver a una niña con largas trenzas descoloridas y un rostro más bien amargado. Kayerts tenía las piernas hinchadas y casi no podía caminar. Carlier, por su parte, estaba muy debilitado por la fiebre y ya no podía pavonearse por la factoría, pero seguía yendo de un lado a otro con la actitud despreocupada del hombre que recordaba con orgullo su regimiento de primera clase. Se había vuelto ronco, sarcástico y tendía a decir cosas desagradables. Él lo definía con la frase: «Te seré franco». Ya hacía tiempo que habían calculado los porcentajes que les correspondían por el comercio, incluyendo el último trato del «infame Makola». También habían llegado a la conclusión de que no iban a contar nada de lo ocurrido. Al principio, Kayerts tuvo dudas: el director le daba miedo.

—Seguro que ha visto cosas mucho peores —declaró Carlier, con una carcajada ronca—. ¡Fíate de él! Si te chivas, no le vas a hacer un favor. No es mejor que tú ni que yo. Y si no decimos nada, ¿quién va a levantar la liebre? Aquí no hay nadie.

Pero esa era la raíz del problema: allí no había nadie. Y al haberse quedado solos sin más compañía que sus flaquezas, cada día se iban pareciendo más a dos cómplices en vez de a una pareja de buenos amigos. Llevaban ocho meses sin recibir noticias de su hogar. Cada noche decían: «Mañana llegará el vapor». Pero uno de los vapores de la Compañía se había hundido, y el director tenía que apañárselas con el otro para hacer los relevos en las factorías más importantes y más alejadas que cubrían el curso del río principal. En su opinión, la factoría inútil y los hombres inútiles podían esperar. Y mientras tanto, Kayerts y Carlier subsistían a base de arroz hervido sin sal y maldecían a la Compañía, a toda África y al día en que nacieron. Hay que haber subsistido a base de esa dieta para descubrir el asqueroso problema que representa la necesidad de tragarse la comida. En la factoría no había literalmente nada más que arroz y café, y tenían que tomarse el café sin azúcar. Los últimos quince terrones que quedaban, Kayerts los había guardado en su baúl junto con media botella de coñac, «por si hay que usarlos en caso de enfermedad», según explicó. Carlier aprobó la medida.

—Cuando uno está enfermo —dijo—, un extra te alegra la vida.

Esperaron. Los yerbajos invadieron el patio. La

campana no volvió a repicar. Y los días fueron pasando, silenciosos, exasperantes y muy lentos. Cuando los dos hombres hablaban, gruñían, y sus silencios eran amargos, como si estuvieran corrompidos por la amargura que invadía sus pensamientos.

Un día, tras el almuerzo de arroz hervido, Carlier dejó la taza sobre la mesa, sin haberla probado, y dijo:

—¡Maldición! Vamos a tomarnos por una vez una buena taza de café. ¡Saca el azúcar, Kayerts!

—Es para los enfermos —musitó Kayerts sin levantar la vista.

—Para los enfermos —se burló Carlier—. ¡Tonterías! Y además... ¡yo estoy enfermo!

—Estás tan enfermo como yo, y yo me tomo el café sin azúcar —dijo Kayerts en tono apacible.

—¡Venga ya! ¡Saca el azúcar, viejo avaro traficante de esclavos!

Kayerts alzó la vista. Carlier sonreía con deliberada insolencia. Y de repente le pareció a Kayerts que no había visto nunca a aquel hombre. ¿Quién era? No sabía nada de él. ¿De qué sería capaz? En su interior se produjo un abrupto estallido de emociones violentas, como si estuviera en presencia de algo que nunca hubiera podido imaginar, algo peligroso, e inexorable. Pero logró dominarse y contestar educadamente:

—Esa broma es de muy mal gusto. No vuelvas a repetirla.

—¡Broma! —contestó Carlier, inclinándose hacia delante en la silla—. Tengo hambre. Estoy enfermo. No es una broma. Odio a los hipócritas y tú eres un hipócrita. Eres un traficante de esclavos. Yo soy un traficante de esclavos. Y en este maldito territorio lo único que hay son traficantes de esclavos. ¡Y hoy me voy a tomar un café con azúcar, pase lo que pase!

—Te he prohibido que me dirijas la palabra de este modo —dijo Kayerts dando débiles muestras de resolución.

—¡Tú! ¿El qué? —gritó Carlier mientras se ponía en pie de un salto.

Kayerts también se puso en pie.

—Soy tu jefe —empezó a decir, procurando que no se notara que le temblaba la voz.

—¿El qué? —aulló el otro—. ¿Cómo que jefe? Aquí no hay jefe. Aquí no hay nada. Aquí solo estamos tú y yo. Y ahora ve a buscar el azúcar, idiota con la tripa gorda.

—Vigila la lengua. Y sal ahora mismo de esta habitación —chilló Kayerts—. ¡Estás despedido, canalla!

Carlier agarró un taburete. De repente tenía un aspecto amenazadoramente serio.

—¡Eres un civil gordinflón que no sirve para nada! ¡Chúpate esa! —aulló.

Kayerts tuvo que esconderse bajo la mesa y el taburete se estrelló contra el tabique interior de cañas de la habitación. Y cuando Carlier intentaba volcar la mesa, el desesperado Kayerts le embistió a ciegas, con la cabeza gacha, como haría un cerdo acorralado, y después de derribar a su amigo, llegó escopetado a la veranda y se metió en su cuarto. Atrancó la puerta, cogió su revólver y montó guardia, jadeando. Menos de un minuto más tarde, Carlier estaba dando furiosas patadas contra la puerta y bramaba:

—Si no sacas el azúcar, te mataré como a un perro. Empiezo a contar: uno, dos, tres. ¿No lo sacas? Pues ahora voy a enseñarte quién es aquí el jefe.

Kayerts pensó que la puerta iba a ceder y se escabulló por el agujero rectangular que servía de ventana del cuarto. Ahora se interponía entre los dos toda la extensión de la casa. Pero el otro parecía no tener las fuerzas suficientes para derribar la puerta. Kayerts oyó que estaba dando la vuelta a la casa, así que también empezó a correr dificultosamente con las piernas hinchadas. Corría todo lo deprisa que podía, agarrando el revólver y sin entender lo que le estaba ocurriendo. Vio sucesivamente la casa de Makola, el almacén, el río, el barranco y los matorrales; y volvió a ver todas estas cosas por segunda vez cuando rodeó de nuevo la casa. Y una vez más, todas esas cosas aparecieron y desaparecieron como en un destello. Aquella mañana no habría podido dar ni un paso sin soltar un gemido de dolor.

Pero cómo corría ahora. Corría tan deprisa que había perdido de vista al otro hombre.

Y entonces, débil y angustiado, pensó: «Me moriré antes de poder dar la próxima vuelta». Pero en ese momento oyó que el otro hombre tropezaba y se detenía. Y él también se detuvo. Estaba en la parte trasera de la casa y Carlier en la parte delantera, igual que al principio. Oyó que el otro se dejaba caer sobre una silla soltando maldiciones, y de pronto sus propias piernas cedieron y se dejó caer hasta quedarse sentado con la espalda apoyada contra la pared. Tenía la boca seca, como si estuviera llena de ceniza, y todo el rostro estaba empapado en sudor... y lágrimas. ¿Qué estaba ocurriendo? Pensó que todo debía de ser una horrible alucinación. Pensó que estaba soñando. Pensó que se estaba volviendo loco. Un tiempo después logró recuperar el juicio. ¿Por qué motivo se habían peleado? ¿Por el azúcar? Pero ¡qué ridículo era eso! Se lo daría enseguida, él no quería el azúcar. Y empezó a incorporarse con una súbita sensación de seguridad. Pero antes de que pudiera ponerse por completo en pie, tuvo una idea de puro sentido común que volvió a sumirlo en la desesperación. Pensó: «Si ahora cedo ante ese militar brutote, mañana mismo volverá a empezar el mismo horror, y pasado mañana, y todos los días, y luego me exigirá más cosas, me pisoteará, me torturará y me hará su esclavo. ¡Estaré perdido! ¡Perdido! El vapor puede tardar muchos días más, o quizá ya no venga nunca». Tuvo un estremecimiento tal que tuvo que volver a sentarse en el suelo. Tiritaba descorazonado. Sentía que ya no podía ni quería moverse. Pero lo distrajo por completo la repentina idea de que se hallaba en una posición insostenible: tanto vivir como morir se habían convertido ahora en cosas igualmente dificultosas y terribles.

De repente oyó que el otro apartaba la silla. Se puso en pie de un salto con extrema facilidad. Aguzó el oído y se quedó confuso. ¡Tenía que volver a correr! ¿Hacia la derecha o la izquierda? Oyó pasos. Se lanzó hacia la izquierda, apretando fuerte el revólver, y en ese mismo momento, tal como le pareció entender, chocaron violentamente. Los dos soltaron un grito de sorpresa. Se produjo una fuerte explosión entre ellos dos, un rugido de fuego al rojo vivo y espeso humo. Y Kayerts, medio sordo y medio ciego, se echó hacia atrás pensando: «Me han dado. Todo ha terminado». Esperaba ver llegar al otro para regodearse en su agonía. Captó un destello del tejado del edificio. «¡Todo se ha acabado!» Pero entonces oyó el ruido de algo que se estrellaba contra el suelo al otro lado de la casa, como si alguien se hubiera abalanzado sobre una silla, y luego se hizo el silencio. Ya no volvió a ocurrir nada más. No estaba muerto. Solo notaba que tenía el hombro descoyuntado y que había perdido el revólver. ¡Ahora estaba desarmado e indefenso! Esperó el fin. El otro hombre no hacía ningún ruido. ¡Seguro que era una trampa y ahora lo estaba acechando! ¿Desde dónde? A lo mejor le estaba apuntando con el revólver en ese mismo instante.

Tras unos momentos de una agonía temible y absurda, decidió ir a encontrarse con su destino. Estaba dispuesto a rendirse. Apoyando una mano contra la pared, logró doblar la esquina de la casa. Dio algunos pasos y casi se desmayó. Había visto en el suelo, sobresaliendo de la otra esquina, un par de pies vueltos hacia arriba. Eran un par de pies blancos y desnudos metidos en unas zapatillas rojas. Sintió náuseas insoportables y permaneció un instante invadido por una oscuridad muy profunda. Y entonces Makola apareció delante de él y le dijo en voz muy baja:

—Venga, señor Kayerts. ¡Está muerto!

Estalló en lágrimas de gratitud: un ruidoso estallido de lágrimas y sollozos. Al cabo de un rato se vio sentado en una silla mirando a Carlier, que estaba tendido de espaldas en el suelo. Makola estaba arrodillado junto a su cuerpo.

—¿Es este su revólver? —preguntó Makola cuando se ponía en pie.

—¡Sí! —contestó Kayerts, y luego añadió muy deprisa—: Corría detrás de mí. Iba a matarme. Tú mismo lo has visto.

—Sí, lo he visto —dijo Makola—. Pero solo hay un revólver. ¿Dónde está el otro?

—No sé —susurró Kayerts en un tono que de repente se había vuelto casi inaudible.

—Voy a ver si lo encuentro —dijo cortésmente el otro.

Makola recorrió toda la veranda mientras Kayerts, inmóvil, observaba el cadáver. Makola volvió con las manos vacías y se quedó pensativo y luego se metió silenciosamente en la habitación del muerto, de la que salió enseguida con un revólver en la mano. Lo exhibió ante Kayerts, que cerró los ojos. Todo le daba vueltas. Ahora la vida le parecía mucho más dificultosa y terrible que la muerte misma. Había matado a tiros a un hombre desarmado.

Después de meditar un rato, Makola dijo en voz baja, mientras señalaba al hombre tendido en el suelo con el ojo derecho reventado:

—Ha muerto de fiebres.

Kayerts se le quedó mirando, petrificado.

—Sí —repitió Makola, pensativo, pasando por encima del cuerpo—. Creo que murió de fiebres. Lo enterraremos mañana.

Y se alejó despacio hacia donde le esperaba su inquieta esposa, dejando a los dos blancos a solas en la veranda.

Llegó la noche y Kayerts seguía inmóvil en la silla. Estaba tan quieto como si se hubiera tomado una dosis de opio. Las violentas emociones que había experimentado le causaban un sentimiento de exhausta serenidad. En una sola tarde había explorado las profundidades del horror y la desesperación, y ahora hallaba consuelo en la idea de que la vida ya no le ocultaba ningún secreto: ni la vida, ¡ni tampoco la muerte! Permanecía junto al cadáver, pensando; pensando intensamente, pensando con ideas muy nuevas. Y ahora parecía haberse liberado por completo de sí mismo. Sus antiguas ideas, sus convicciones, sus gustos y disgustos, las cosas que respetaba y las cosas que aborrecía: ¡todo por fin se le aparecía bajo su verdadera luz! Y esas cosas le parecían ahora despreciables y pueriles, falsas y ridículas. Y se complacía en su recién adquirida sabiduría mientras permanecía junto al hombre que había matado. Y discutía consigo mismo acerca de todas las cosas que existen bajo las estrellas con esa obcecada lucidez que se puede apreciar en algunos lunáticos. En un momento dado llegó a pensar que el tipo que yacía muerto era un patán malvado; que cada día morían miles de hombres, o quizá cientos de miles de hombres —¿quién lo sabía a ciencia cierta?—, y que en medio de esas cifras un único muerto no cambiaba nada; mejor dicho, no tenía importancia alguna, al menos para una criatura racional. Y él, Kayerts, era una criatura racional. Durante toda su vida, hasta aquel mismo momento, había creído con firmeza en un montón de tonterías, igual que el resto de la humanidad, toda compuesta de idiotas. Pero ¡ahora tenía ideas propias! ¡Ahora conocía la verdad! Y estaba en paz porque había alcanzado la mayor sabiduría posible. Luego intentó imaginarse muerto, y a Carlier observándolo desde la silla, y esta tentativa alcanzó un éxito tan inesperado que al poco tiempo ya no estaba seguro de quién estaba muerto y quién estaba vivo. Pero esa extraordinaria proeza de su imaginación le sobresaltó, y gracias a un astuto y oportuno esfuerzo mental se salvó justo a tiempo de convertirse en Carlier. El corazón le dio un brinco y se sintió alarmado ante la perspectiva de aquel peligro. ¡Carlier! ¡Qué animal! Para recomponer los nervios alterados —¡no era para menos!— intentó silbar un poco. Y luego, de pronto, se quedó dormido, o creyó haberse quedado dormido. Pero había niebla a su alrededor, y alguien había silbado en medio de la niebla.

Se incorporó. Había salido el sol y una densa niebla se había posado sobre la tierra: una niebla envolvente, penetrante y silenciosa; la niebla matutina de los climas tropicales; la niebla que se aferra y que te mata; la niebla blanca y mortal, inmaculada y venenosa. Se levantó, vio el cadáver y levantó los brazos por encima de la cabeza al tiempo que daba un grito como el de un hombre que, al salir de un trance, se encuentra encerrado para siempre en una tumba.

—¡Socorro! ¡Dios mío!

Un alarido inhumano, súbito y vibrante, atravesó

como un dardo afilado la blanca mortaja de aquella tierra de sufrimientos. Tres breves chillidos impacientes le siguieron, y luego, por un tiempo, las coronas mortuorias de la niebla se esparcieron sobre la tierra, atravesando un formidable silencio. Luego se oyeron más alaridos, veloces y penetrantes, como los gritos de una criatura despiadada y colérica desgarrando el aire. Desde el río, el progreso estaba convocando a Kayerts. El progreso y la civilización y todas las demás virtudes. La sociedad estaba llamando a su hijo mejor dotado para que acudiera a ser atendido, instruido, juzgado, condenado. Le llamaba para que volviera a la montaña de basura de la que se había alejado, de modo que al fin se pudiera hacer justicia.

Kayerts oyó y comprendió. Bajó tambaleándose de la veranda y dejó al otro hombre completamente solo por primera vez desde que habían sido arrojados juntos a aquel lugar. Se abrió paso a través de la niebla mientras suplicaba —en su ignorancia— al cielo invisible para que deshiciera lo ya hecho. Makola apareció correteando entre la niebla, gritando mientras corría:

—¡El vapor! ¡El vapor! ¡No pueden vernos! Están tocando la sirena buscando la factoría. Voy a tocar la campana. Vaya al embarcadero, señor. Yo toco la campana.

Desapareció. Kayerts se quedó inmóvil. Levantó la vista: la niebla se expandía por encima de su cabeza. Miró a su alrededor como un hombre que se ha perdido, y vio una mancha oscura, un borrón en forma de cruz entre la pureza movediza de la niebla.

Cuando empezaba a dar tumbos en dirección a la mancha, repicó la campana de la estación con un repiqueteo tumultuoso que contestaba al impaciente clamor del barco.

El director gerente de la Gran Compañía Civilizadora (pues de todos es sabido que la civilización es consecuencia del comercio) fue el primero en desembarcar, y de inmediato perdió de vista el vapor. La niebla que cubría el río era extremadamente densa. Arriba, en la factoría, la ruda campana repicaba sin cesar.

El director gritó muy fuerte en dirección al vapor:

—¡No ha venido nadie a recibirnos! Parece que algo va mal a pesar de que están tocando la campana. Bajad del barco y venid conmigo.

Y a continuación empezó a subir por la escarpada ribera. El capitán y el maquinista del vapor le siguieron. Mientras subían, la niebla se disipó un poco y pudieron ver al director que avanzaba muy por delante de ellos. De pronto vieron que empezaba a correr a la vez que les gritaba volviendo la cabeza:

—¡Corred! ¡Corred hacia la casa! He encontrado a uno de los hombres. ¡Id corriendo a buscar al otro!

¡Había encontrado a uno de los hombres! Pero incluso él, un hombre de tan variadas y sobrecogedoras experiencias, se sintió algo indispuesto por lo que había encontrado. Se quedó parado y metió las manos en los bolsillos (buscando una navaja) mientras miraba a Kayerts, que colgaba de la cruz sujeto por una correa de cuero. Estaba claro que se había subido a la tumba, que era alta y estrecha, y después de atar el extremo de la correa al brazo de la cruz, se había dejado caer. Los dedos de los pies distaban unos pocos centímetros del suelo; los brazos le colgaban rígidos; parecía estar en posición de firmes, muy tieso, pero con una mejilla amoratada jovialmente posada sobre el hombro. Descarado, le sacaba la hinchada lengua al señor director gerente.

Il Conde

Una historia triste

Vedi Napoli e poi muori

La primera vez que conversamos fue en el Museo Nacional de Nápoles, en las salas de la planta baja donde se exhibe la famosa colección de bronces de Herculano y Pompeya: ese maravilloso legado del arte clásico cuya delicada perfección ha llegado hasta nosotros gracias a la furia catastrófica de un volcán.

Fue él quien se dirigió primero a mí, con motivo del famoso Hermes Sentado que habíamos estado contemplando uno al lado del otro. Dijo las cosas más adecuadas acerca de esa admirable escultura. Nada verdaderamente profundo. Poseía un gusto natural más que cultivado. Era evidente que había visto muchas cosas bellas a lo largo de su vida y que sabía apreciarlas, pero no se expresaba con la jerigonza habitual de los diletantes ni de los entendidos, esa odiosa tribu. Hablaba como un hombre de mundo bastante inteligente, un caballero desprovisto de afectación.

Nos conocíamos de vista desde hacía unos días. Nos hospedábamos en el mismo hotel —uno bueno, pero no extravagantemente moderno— y me fijé en él cuando entraba o salía del vestíbulo. Supuse que era un viejo cliente al que se le tenía en alta estima. La reverencia que le hacía el director del hotel reflejaba una cordial deferencia, a la que el hombre respondía con cortesía familiar. Los criados lo llamaban *Il Conde*. Un día se produjo un revuelo a causa de una sombrilla de hombre —de seda amarilla con forro blanco— que los camareros habían encontrado frente a la puerta del comedor. Nuestro director uniformado con galones dorados la reconoció y mandó enseguida a uno de los ascensoristas a que saliera corriendo detrás de *Il Conde* y se la entregara. Tal vez era el único conde que se hospedaba en el hotel, o quizá merecía la distinción de ser considerado el conde *par excellence*, en atención a su vieja fidelidad al establecimiento.

Después de nuestra charla en el museo —en la que había manifestado su desagrado por los bustos y las estatuas de los emperadores romanos de la Galería de los Mármoles: los rostros eran demasiado vigorosos, demasiado llamativos para su gusto—, después de haber charlado por la mañana, no me pareció inapropiado pedirle permiso por la noche para sentarme a su mesita, ya que el comedor estaba lleno. A juzgar por la serena cortesía con que dio su consentimiento, a él tampoco le pareció inadecuado. Su sonrisa era muy atractiva.

Cenaba con chaleco de etiqueta y un esmoquin (así lo llamaba) con corbata negra. La ropa era de excelente corte, aunque no nueva, tal como debe ser. A todas horas, tanto por la mañana como por la noche, era una persona muy correcta en el vestir. No tengo ninguna duda de que toda su existencia había sido correcta, es decir, bien ordenada y convencional, sin que jamás se viera alterada por sobresaltos imprevistos. El pelo blanco peinado hacia arriba sobre la despejada frente le daba el aire de un idealista, de un hombre imaginativo. El bigote canoso, muy poblado pero cuidadosamente recortado y arreglado, tenía en el centro doradas manchas amarillas que no resultaban del todo desagradables. El suave aroma a un buen perfume, mezclado con el de los buenos habanos (este último, un aroma difícil de percibir en Italia), me llegaba hasta el otro extremo de la mesa. En los ojos era donde se percibía claramente la edad que tenía: parecían un tanto fatigados, con los párpados llenos de arrugas. Debía de tener unos sesenta años, o quizá unos cuantos más. Era una persona conversadora. No llegaría al punto de llamarlo parlanchín, pero sin duda le gustaba conversar.

Había probado a vivir en varios climas: Abbazia, la Riviera y otros lugares, según me contó, pero el único que le sentaba bien era el del golfo de Nápoles. Los antiguos romanos, quienes —tal como me explicó— eran personas expertas en el arte de vivir, sabían muy bien lo que hacían cuando levantaron sus villas en estas costas, en Bayas, en Vico, en Capri. Vinieron a este litoral en busca de salud y se trajeron sus cortejos de mimos y flautistas para entretenerse en sus ratos de ocio. Creía extremadamente probable que los romanos de las clases altas fueran especialmente proclives a padecer de artritis reumatoide.

Esa fue la única opinión personal que le oí, y no se basaba en ningún conocimiento erudito. Lo único que sabía de los romanos era lo que sabría cualquier hombre de mundo bien informado. Solo hablaba por experiencia personal. Había sufrido una dolorosa enfermedad reumática hasta que encontró alivio en este rincón particular del sur de Europa.

Eso había ocurrido tres años atrás, y desde entonces había asentado los reales en la costa del golfo, bien fuera en uno de los hoteles de Sorrento o alquilando una pequeña villa en Capri. Tenía un piano y unos pocos libros. Trababa relaciones pasajeras de un día, una semana o un mes seguido con alguno de los viajeros que llegaban sin parar de toda Europa. Y uno podía imaginárselo paseando por las vías y callejuelas, haciéndose amigo de mendigos, tenderos, niños y campesinos, conversando amigablemente con los *contadini* por encima de las tapias, y regresando después a su habitación o a su villa a sentarse frente al piano, con el pelo blanco muy bien peinado y con su poblado y pulcro bigote, «a tocar un poquito de música para mí». Y por supuesto, si quería cambiar de aires, tenía muy cerca Nápoles: la vida, el movimiento, la animación, la ópera. Un poco de diversión, como decía él, es necesaria para la buena salud (en realidad, mimos y flautistas). Pero a diferencia de los magnates de la antigua Roma, él no tenía asuntos que tratar en la ciudad que pudieran distraerlo de aquellos moderados placeres. A decir verdad, no tenía asuntos que tratar. Y hasta es probable que en toda su vida no hubiera tenido que atender ningún asunto importante. La suya era una existencia benigna, en la que todas las alegrías y las penas estaban reguladas por el ciclo de la naturaleza —bodas, nacimientos, defunciones—, por los usos de la buena sociedad y por la protección del Estado.

Era viudo, pero en los meses de julio y agosto se aventuraba a cruzar los Alpes para dispensar una visita de seis meses a su hija casada. Me dijo su nombre: era el de una familia muy aristocrática que tenía un castillo, en Bohemia, creo recordar. Eso fue lo más cerca que estuve de adivinar su nacionalidad. En ningún momento, por raro que pueda parecer, llegó a mencionar su nombre. Tal vez creía que yo lo habría visto en la lista de los huéspedes, aunque la verdad es que nunca se me ocurrió mirarla. En cualquier caso, era un buen europeo: que yo supiera, hablaba cuatro idiomas. También era un hombre de fortuna, aunque no de una gran fortuna, como resultaba apropiado y evidente. Imagino que ser inmensamente rico le habría parecido inapropiado, *outré*, demasiado atrevido. Y también era evidente que la fortuna que poseía no la había amasado él. Al fin y al cabo, es imposible amasar una fortuna sin cierta rudeza. Es una cuestión de temperamento y su naturaleza era demasiado bondadosa para esta clase de esfuerzos. En el transcurso de nuestras conversaciones solo mencionó sus propiedades muy de pasada, en una ocasión en que hablaba de la dolorosa y preocupante enfermedad reumática que padecía. Por lo visto, un año en que se quedó imprudentemente al norte de los Alpes hasta mediados de septiembre, tuvo que guardar cama durante tres meses en la solitaria casa de campo sin más compañía que su ayuda de cámara y la pareja que cuidaba de la casa. Y es que, tal como explicó, «allí no tenía servicio», pero se había visto obligado a pasar un par de días allí para hablar con su administrador de fincas. Se prometió a sí mismo que nunca más volvería a ser tan imprudente en la vida. Y así, cuando llegaban las primeras semanas de septiembre ya estaba instalado en las amadas costas del golfo.

Cuando uno viaja, a veces se encuentra con esta clase de hombres solitarios, cuya única ocupación parece consistir en esperar lo inevitable. Ya que las muertes y las bodas los han rodeado de soledad, uno no puede censurarles que intenten hacer la espera lo más llevadera posible. Tal como me comentó: «A estas alturas de la vida, no padecer un dolor físico es un asunto muy importante».

No hay que suponer que fuese un tedioso hipocondríaco. Estaba demasiado bien educado como para convertirse en una molestia para nadie. Sabía captar las pequeñas debilidades de los humanos, pero tenía un ojo indulgente. Era un compañero relajado, tranquilo y agradable para compartir las horas que mediaban entre la cena y la hora de acostarse. Pasamos tres veladas juntos, pero luego tuve que irme a toda prisa de Nápoles para cuidar a un amigo que había caído gravemente enfermo en Taormina. Como no tenía nada que hacer, *Il Conde* me acompañó a la estación. Yo estaba bastante preocupado, pero su ociosidad siempre estaba dispuesta a adoptar una actitud afectuosa. No era en absoluto una persona indolente.

Recorrió el tren asomándose a los vagones en busca de un buen asiento para mí, y luego se quedó conversando animadamente conmigo desde el andén. Afirmó que me echaría mucho de menos al llegar la noche y proclamó su intención de acudir a un concierto en los jardines públicos, en la Villa Nazionale. Pensaba divertirse escuchando una música excelente y observando a la buena sociedad. Como de costumbre, el concierto estaría muy concurrido.

Incluso ahora me parece verlo de nuevo: el rostro vuelto hacia arriba, la sonrisa amistosa bajo el grueso bigote, y aquellos ojos fatigados y bondadosos. Cuando el tren se puso en marcha, se dirigió a mí en dos idiomas: primero en francés, dijo «*Bon voyage*»; y luego, en su perfecto inglés —aunque algo enfático—, quiso darme ánimos porque me veía muy inquieto: «Todo... irá... bien».

Diez días más tarde regresé a Nápoles, ya que la enfermedad de mi amigo había dado un giro muy favorable. No puedo decir que me acordara mucho de *Il Conde* durante mi ausencia, pero cuando entré en el comedor busqué la mesita que ocupaba habitualmente. Tenía la idea de que habría vuelto a Sorrento y a su piano, sus libros y sus salidas a pescar. Se había hecho muy amigo de los pescadores y le gustaba mucho ir a pescar al volantín en una barca.

Pero enseguida vi su cabeza blanca en medio de la multitud de cabezas, aunque ya desde lejos percibí que había algo insólito en su actitud. En vez de estar sentado muy erguido, observando en torno suyo con vigilante cortesía, estaba como derrumbado sobre el plato. Estuve un buen rato delante de él hasta que levantó la vista, y lo hizo con cierta brusquedad, si es que puede usarse esa palabra tan áspera en relación con un hombre de apariencia siempre correcta.

—Ah, querido señor, ¿es usted? —me saludó—. Espero que todo haya ido bien.

Se mostró muy amable con mi amigo. En realidad, siempre se mostraba muy amable, con esa amabilidad de la gente que posee un corazón sinceramente humano. Pero esta vez tuvo que hacer un esfuerzo. Y cuando se embarcaba en la conversación sobre temas generales, resultaba a menudo tedioso. Se me ocurrió que podría hallarse indispuesto. Pero antes de que pudiera formularle la pregunta, murmuró:

—Aquí donde me ve, estoy muy triste.

—Lo siento mucho —dije—. Espero que no haya recibido usted una mala noticia.

Me agradeció el interés, pero no, no era eso. No había recibido ninguna mala noticia, gracias a Dios. Y en ese momento se quedó completamente inmóvil, como si estuviera conteniendo el aliento. Luego se inclinó un poco hacia delante, y en un extraño tono de temerosa incomodidad, me confesó:

—Lo cierto es que me ha sucedido... una... una... ¿cómo diría yo?... una abominable aventura.

La violencia del adjetivo resultaba sorprendente

en un hombre de sentimientos tan morigerados y de vocabulario tan comedido. En mi opinión, la palabra «desagradable» era la que podría aplicarse con mayor exactitud a la peor experiencia posible en un hombre de su condición. Y encima, se trataba de una aventura. ¡Aquello era increíble! Pero la naturaleza humana suele dejarse llevar por las peores suposiciones, y confieso que lo miré con desconfianza, preguntándome en qué clase de cosas se habría metido. Sin embargo, mi indigna sospecha se desvaneció enseguida. Aquel hombre poseía un refinamiento natural que desmentía de inmediato cualquier idea relacionada con una situación indecorosa.

—Es una cosa muy seria, muy seria —prosiguió, muy nervioso—. Se la contaré después de la cena, si me lo permite.

Le manifesté mi total consentimiento por medio de una breve inclinación de cabeza, pero no hice nada más: quería hacerle ver que no debía sentirse obligado a continuar con su propuesta si más tarde se desdecía. Seguimos hablando de cosas sin importancia, pero ahora, a diferencia de nuestras conversaciones anteriores —siempre tan relajadas y tan chismosas—, se había introducido un cierto malestar entre nosotros. Me di cuenta de que la mano con que se llevaba un pedazo de pan a la boca temblaba un poco. Por lo que yo sabía de aquel hombre, aquel gesto resultaba poco menos que inquietante.

Cuando llegamos al salón de fumadores, no cambió de idea. En cuanto ocupamos nuestros sillones habituales, se inclinó hacia un lado sobre el brazo del sillón y me miró fijamente a los ojos:

—Se acordará usted —dijo— del día que se fue en tren. Le dije que iba a asistir a un concierto nocturno en la Villa Nazionale.

Claro que me acordaba. Por un instante, su hermoso rostro de anciano, tan terso para su edad, tan intacto de toda molesta experiencia, pareció demacrado, como si le hubiera pasado una sombra por encima. Pero recuperó enseguida su firme mirada y yo di un sorbo a mi café solo. Mientras contaba su historia, se detenía sistemáticamente en todos los pormenores y se ajustaba a un orden predeterminado, como si temiera, creo yo, que los nervios se apoderaran de él.

Aquel día, cuando salió de la estación, se tomó un helado y se fue a leer el periódico en un café. Luego volvió al hotel, se vistió para la cena y comió con buen apetito. Después de cenar se quedó un rato en el vestíbulo (había allí sillas y mesas) fumando un habano. Allí charló con la hijita del *primo tenore* del Teatro de San Carlo e intercambió unas palabras con aquella «dama tan amable», la esposa del *primo tenore*. Aquella noche no había función, así que ellos también iban a la Villa Nazionale. Salieron del hotel. Todo iba perfectamente.

Pero cuando él iba a hacer lo propio —ya eran las nueve y media de la noche—, recordó que llevaba encima una considerable cantidad de dinero. De modo que se dirigió a la oficina del contable del hotel y depositó allí la mayor parte del dinero. Hecho esto, tomo una *carozella* y fue hasta el paseo marítimo. Se bajó del carruaje y entró a pie en la Villa por el extremo que daba al Largo di Vittoria.

En ese momento me dirigió una mirada ansiosa. Y entonces descubrí cuán impresionable era en realidad aquel hombre. Cada pequeño suceso y cada acontecimiento de aquella noche se habían quedado grabados en su memoria como si poseyeran un significado místico. Si no me señaló el color del caballo que tiraba de la *carozella* ni el aspecto del cochero, fue por un simple descuido debido a la visible agitación que ahora mismo estaba reprimiendo valerosamente.

Entró en la Villa Nazionale por el Largo di Vittoria. La Villa Nazionale es un jardín público con parcelas de césped, parterres de arbustos y macizos de flores, situado entre los edificios de la Riviera di Chiaia y las aguas de la bahía. Lo cruzan de un extremo a otro —la longitud es considerable—, y en sentido más o menos paralelo, varias avenidas bordeadas de árboles. Por el lado de la Riviera di Chiaia los tranvías eléctricos pasan muy cerca de la verja. Entre el jardín y el mar se extiende el paseo más elegante de la ciudad, una amplia calle flanqueada por un murete, tras el cual se oyen los suaves murmullos del Mediterráneo que chapotea contra la orilla cuando hace buen tiempo.

La animación de Nápoles se prolonga hasta muy tarde, así que el amplio paseo rebosaba de carruajes con faroles que avanzaban de dos en dos, algunos muy despacio, otros a gran velocidad bajo la fina hilera inmóvil de las farolas eléctricas de la orilla. Un rutilante enjambre de estrellas pendía sobre la tierra firme, donde zumbaban las voces por entre los edificios resplandecientes de luz, y también sobre las silenciosas y chatas sombras del mar.

Los jardines no están muy bien iluminados. Nuestro amigo fue caminando bajo la tibia oscuridad, con los ojos fijos en la lejana zona iluminada que se extendía a lo largo de la villa, como si el aire refulgiera allí con su propia luz, una luz fría, azulada y deslumbrante. Aquel lugar mágico, que se destacaba al otro lado de los negros troncos de los árboles y de las masas de follaje tan oscuro como la tinta, exhalaba suaves sonidos que se mezclaban con un agudo clamor metálico, los súbitos impactos de los instrumentos de viento y la sorda vibración de las percusiones.

A medida que avanzaba, los ruidos se fueron ensamblando en una compleja composición musical cuyas armonías llegaban seductoras a través de un caótico murmullo de voces y de pies que se movían sobre la grava de aquel espacio abierto. Una enorme muchedumbre, iluminada por la luz eléctrica como si quedara sumergida por el radiante y tenue fluido que los globos luminosos derramaban sobre sus cabezas, iba de un lado a otro en torno a la banda de música. Otros cientos de personas ocupaban las sillas distribuidas en círculos más o menos concéntricos y recibían impávidas las grandes oleadas de sonido que luego refluían en la oscuridad. El Conde penetró entre la multitud y se dejó llevar con sereno gozo, escuchando la música y observando los rostros de la gente. Todo el mundo pertenecía a la buena sociedad: madres con sus hijas, padres con sus hijos, jovencitos y jovencitas conversando, sonriendo y asintiendo entre sí. Había rostros muy hermosos y atuendos muy elegantes. Por supuesto, había gente de todo tipo: viejos presuntuosos de blancos bigotes, hombres gordos, hombres flacos, oficiales de uniforme... Pero lo que predominaba, según me contó, era el tipo habitual de joven del sur de Italia: tez deslustrada y blanquecina, labios rojos, bigotito negro como el azabache y acuosos ojos negros deliciosamente diestros a la hora de lanzar miradas de lujuria o de mal humor.

El Conde se apartó de la multitud y terminó compartiendo una mesita frente al café con un joven de tal fisonomía. Nuestro amigo se tomó una limonada. El joven tenía aspecto enfurruñado y estaba sentado frente a un vaso vacío. Una vez levantó la vista pero la volvió a bajar enseguida. También se tocó el sombrero, así —y el Conde imitó el gesto de un hombre que se calaba el sombrero sobre la frente—, y luego prosiguió:

—Pensé: «Este hombre está triste; algo le pasa; todos los jóvenes tienen problemas. Pero por supuesto no le hice ningún caso y me fui de allí».

Mientras paseaba cerca de la banda de música, el Conde creyó ver dos veces a aquel joven vagabundeando solitario entre la multitud. Una de aquellas veces, sus miradas se cruzaron. Seguramente era aquel mismo joven, pero había tantos como él que no podía estar del todo seguro. Además, aquel joven no le interesaba demasiado, salvo por el hecho de que le había llamado la atención el marcado gesto de irritación que asomaba en su rostro.

En un momento dado, abrumado por el sofoco que uno siente en medio de la multitud, el Conde se alejó de la banda de música. Vio una alameda muy oscura, por contraste con la explanada, que le ofrecía soledad y frescor. Se metió por allí y fue caminando muy despacio hasta que ya casi no se podía oír la orquesta. Luego volvió sobre sus pasos y giró de nuevo. Lo hizo varias veces más hasta que descubrió que había alguien sentado en uno de los bancos.

La luz era débil porque aquel lugar quedaba a medio camino de dos farolas.

El hombre estaba tumbado en un extremo del banco con las piernas extendidas, los brazos cruzados y la cabeza inclinada sobre el pecho. No se movía, como si se hubiera quedado dormido, pero cuando el Conde volvió a pasar, había cambiado de postura. Ahora estaba sentado con el cuerpo echado hacia delante. Estaba liando un cigarrillo con los codos apoyados sobre las rodillas. En ningún momento levantó la vista.

El Conde continuó paseando lejos de la banda de música. Volvió a paso lento, me dijo. Puedo imaginármelo disfrutando al máximo, aunque con su sosiego habitual, de la agradable noche mediterránea y de los tenues sonidos de la música que se oía a lo lejos.

Cuando pasó por tercera vez frente al hombre del banco, este seguía inclinado hacia delante con los codos sobre las rodillas. Era la postura de alguien que estaba muy abatido. En la semioscuridad de la alameda, el cuello duro y los gemelos de aquel hombre emitían nítidos destellos de blancura. El Conde me dijo que vio a aquel hombre levantarse de repente como si fuera a marcharse de allí, pero antes de que pudiera darse cuenta, el hombre se le había acercado y le preguntaba en voz baja y cortés si el *signore* tendría la amabilidad de darle fuego.

El Conde contestó educadamente con un «Claro que sí» y bajó las manos con intención de explorar los bolsillos de los pantalones en busca de las cerillas.

—Bajé las manos —dijo—, pero no pude llegar a meterlas en los bolsillos porque de pronto sentí que me apretaban...

Señaló con la punta del dedo justo debajo del esternón, en ese mismo lugar donde un caballero japonés inicia las operaciones del harakiri, que es la forma de suicidio correspondiente al deshonor, cuando se ha producido un ultraje intolerable para los propios sentimientos.

—Y cuando miro hacia abajo —prosiguió el Conde con voz alterada—, ¿qué es lo que veo? ¡Un cuchillo! ¡Un cuchillo enorme!

—¡No pretenderá usted decirme —le contesté, perplejo— que lo atracaron en la misma villa a las diez y media de la noche, y a un tiro de piedra de miles de personas!

Dijo varias veces que sí con la cabeza mientras me miraba con toda la energía posible.

—El clarinete soprano —afirmó solemne— estaba terminando el solo, y le puedo asegurar que podía oír cada nota que tocaba. Luego la banda se lanzó a un *fortissimo*, y aquella criatura puso los ojos en blanco y mascculló apretando los dientes con ferocidad:

—¡Silencio! Si hace ruido, le...

Yo no salía de mi asombro.

—¿Qué clase de cuchillo era? —pregunté estúpidamente.

—Tenía una hoja muy larga. Era un estilete, o quizá un cuchillo de cocina. Era una hoja muy larga y afilada. Brillaba. Y sus ojos también brillaban. Y aquellos dientes tan blancos. Se le veían perfectamente. Era un tipo feroz. Me dije: «Si le pego, me matará». ¿Cómo podía luchar con él? Él tenía un cuchillo y yo no tenía nada. Tengo casi setenta años, sabe usted, y él era un hombre joven. Creo que pude reconocerlo: era el joven enfadado del café. El joven con el que me crucé entre la multitud. Pero no sabría decirle. ¡Hay tantos y son todos tan parecidos!

La angustia de aquel momento se reflejaba en su rostro. Tengo la impresión de que físicamente quedó paralizado por la sorpresa. Pero sus pensamientos continuaron muy activos y analizaron todos los peligros posibles. Se le ocurrió la idea de lanzar un vigoroso grito de socorro, pero no hizo nada, y la razón por la cual desistió de hacerlo me dio una prueba del dominio que poseía de sí mismo. Vio enseguida que el otro también podía empezar a gritar en cualquier momento.

—Aquel joven podría haber arrojado el cuchillo y simular que yo era el agresor. ¿Por qué no? ¡Podría decir que yo le había atacado! ¿Por qué no? Era una historia inverosímil contra otra. Y aquel hombre podría haber llegado a decir cualquier cosa, incluso hacer alguna acusación deshonrosa en contra mía. ¿Qué podía saber yo? Por su forma de vestir no era un ladronzuelo común y corriente. Parecía un miembro de la buena sociedad. ¿Y qué podía decir yo? Él era italiano y yo soy extranjero. Claro está que tengo pasaporte y que aquí hay un cónsul, pero no quería que me llevasen de noche a una comisaría de policía como si fuera un criminal.

Se echó a temblar. Casaba con su carácter evitar como fuera los escándalos, aun a costa de jugarse la vida. Y sin lugar a dudas, lo que le había sucedido constituía —sobre todo si se tienen en cuenta determinadas peculiaridades de la sociedad napolitana— una historia endiabladamente comprometedora. El Conde no era tonto. Después de sufrir ese duro golpe, que había destruido su fe en la respetable placidez de la vida, creyó que a partir de aquel momento podía sucederle cualquier cosa. Pero también se le pasó por la cabeza la posibilidad de que aquel joven no fuera más que un furioso lunático.

En ese momento tuve la primera impresión clara de su actitud con respecto a aquella aventura. Para sus sentimientos exageradamente delicados, la autoestima de una persona no podía verse afectada por la conducta de un loco. Pero luego se hizo evidente que aquel consuelo le iba a ser negado al Conde. Empezó a hablar sobre la forma abominablemente salvaje en que aquel joven ponía los brillantes ojos en blanco y hacía rechinar los blanquísimos dientes. La banda de música atacaba un lento movimiento en el que rugían los solemnes trombones acompañados por insistentes golpes de bombo.

—Pero ¿qué hizo usted? —pregunté, muy agitado.

—Nada —contestó el Conde—. Dejé las manos colgando muy quietas. Y le dije en voz baja que no pensaba hacer ningún ruido. Soltó un gañido como de perro, y luego dijo con voz muy normal: «*Vostro portafoglio*».

—Así que, como es natural... —prosiguió el Conde, y a partir de aquel momento representó la escena a modo de pantomima. Sin apartar la vista de mí, imitó los gestos de meterse la mano en el bolsillo interior de la chaqueta, de extraer la billetera y de ofrecérsela al joven. Pero el joven, que todavía blandía amenazador el cuchillo, no quiso cogerla.

Le indicó al Conde que sacara el dinero y lo cogió con la mano izquierda, y luego le hizo señas para que volviera a meterse la billetera en el bolsillo, y todo esto ocurrió mientras sonaban dulcemente las flautas y los clarinetes sobre el fondo dramático de los oboes. Y entonces el «joven», como lo llamaba el Conde, exclamó: «Es muy poco».

—Y era cierto. Solo había unas 340 o 360 liras —me dijo el Conde—. Como usted sabe, había dejado el dinero en el hotel. Le dije que era todo el dinero que llevaba. Sacudió enojado la cabeza y me dijo: «*Vostro orologio*».

El Conde representó los movimientos de sacarse el reloj de bolsillo. Pero dio la casualidad de que había mandado al relojero, para su limpieza, el valioso semicronómetro de oro que solía llevar siempre encima. Así que aquella noche llevaba (en un estuche de cuero) el Waterbury de cincuenta francos que llevaba cuando salía a pescar. Al ver la naturaleza del botín, el elegante ladrón hizo un sonido despectivo con la lengua, algo así como «¡Psiá!», y lo rechazó con un brusco movimiento de manos. Y cuando el Conde volvía a meterse el objeto despreciado en el bolsillo, el joven exigió, al tiempo que incrementaba, a modo de amenaza, la presión ejercida con el cuchillo contra el epigastrio: «*Vostri anelli*».

—Uno de los anillos —me explicó el Conde— era un regalo que me había hecho mi mujer hacía mucho tiempo. El otro era el anillo de sello de mi padre. Le dije: «¡No, no se los voy a dar!».

En este momento, el Conde hizo el gesto que correspondía a aquella declaración haciendo palmear las dos manos y luego apretándolas juntas contra el pecho. Era un gesto conmovedor que demostraba lo dispuesto que estaba a aceptar lo inevitable. «No, no se los voy a dar», repitió con firmeza, y cerró los ojos, esperando —no sé si hago bien al mencionar que una palabra tan desagradable saliera de sus labios—, esperando totalmente seguro el momento —realmente me avergüenzo de repetirlo— en que iban a despanzurrarlo con aquella hoja tan larga y tan afilada que tenía apretada contra el estómago, repositorio natural de toda sensación de angustia en los seres humanos.

Grandes oleadas de armoniosas notas seguían surgiendo de la banda de música.

De repente, el Conde sintió que desaparecía la espeluznante presión ejercida contra aquel punto tan sensible. Abrió los ojos. Estaba solo. No había oído nada. Lo más probable era que el «joven» se hubiera ido hacía rato con pasos ligeros, pero la sensación de la horrible presión seguía viva aunque el cuchillo ya no estuviese allí. Le invadió una sensación de debilidad. Apenas tuvo tiempo de llegar tambaleándose hasta el banco. Sentía que llevaba mucho tiempo sin respirar. Se dejó caer de golpe, jadeando por la sorpresa.

La banda estaba ejecutando con inmenso brío el intrincado final de la pieza, que culminó con un inmenso estallido sonoro. Al Conde le pareció irreal y remoto, como si tuviera los oídos taponados, y luego oyó los aplausos de un millar de pares de manos, como una súbita granizada que se iba alejando. El profundo silencio que se produjo a continuación le permitió recuperar un poco el dominio de sí mismo.

Un tranvía que parecía una alargada caja de cristal en la que viajaban pasajeros con la cabeza brillantemente iluminada pasó a toda velocidad a unos cincuenta metros del lugar donde había sido asaltado. Luego pasó traqueteando otro tranvía, y un tercero en dirección contraria. El público de la banda de música había empezado a dispersarse y ahora entraba en la alameda en pequeños grupos que mantenían una animada conversación. El Conde irguió el cuerpo en el banco y empezó a reflexionar con calma sobre lo que le había ocurrido. La vileza de aquel suceso volvió a cortarle el aliento. Por lo que yo pude entender de todo lo que me decía, se sentía asqueado consigo mismo. No pretendo referirme a su conducta, ya que con arreglo a la representación gestual que me había hecho, su conducta había sido irreprochable. No, no se trataba de eso. Tampoco se sentía avergonzado. Pero en cambio se sentía indignado por haber sido elegido como víctima no tanto de un robo como de un gesto de desprecio. La tranquilidad de aquel hombre había sido profanada por un acto gratuito. Y la amable pulcritud de toda una vida había sido ultrajada.

No obstante, en aquel momento —justo antes de que el hierro de la humillación se hundiese en sus entrañas—, todavía fue capaz de razonar con relativa ecuanimidad. Y cuando se calmó un poco la agitación, se dio cuenta de que estaba desesperadamente hambriento. Sí, tenía hambre. Aquella emoción descarnada le había hecho sentir un hambre de lobo. Se levantó del banco y, después de caminar un rato, sin saber muy bien cómo había llegado hasta allí, se encontró en el exterior del parque y frente a un tranvía parado. Se subió al tranvía como si estuviese soñando, movido por una especie de instinto. Por fortuna logró encontrar en el bolsillo del pantalón una moneda de cobre con que pagar al revisor. Más tarde, el tranvía se detuvo, y en vista de que todo el mundo se bajaba, él también se bajó. Reconoció la piazza San Ferdinando, pero por lo visto no se le ocurrió tomar un coche de punto y volver al hotel. Y se quedó en la plaza como un perro abandonado, pensando vagamente en la forma de encontrar algo de comer.

De pronto recordó que tenía una moneda de veinte francos. Según me explicó, desde hacía tres años llevaba encima esa moneda francesa de oro. La llevaba como reserva en caso de accidente. A todo el mundo le pueden robar la cartera, cosa muy distinta de un insultante robo a cara descubierta como el que acababa de sufrir.

El arco monumental de la Galleria Umberto se le apareció en lo alto de una magnífica escalinata. Subió los escalones a toda prisa y se dirigió al Café Umberto. Todas las mesas de la terraza estaban ocupadas por clientes que tomaban bebidas. Pero como quería comer algo, entró en el café, que está dividido en pasillos por medio de columnas rectangulares recubiertas de espejos. El Conde se sentó en un banco tapizado de rojo que daba a una columna y esperó el *risotto*. Y su mente volvió a la abominable aventura de aquella noche.

Pensó en el joven malhumorado y elegante con el que había intercambiado miradas entre la muchedumbre del quiosco de música, aquel joven que —ahora estaba seguro— había sido el ladrón. ¿Lo reconocería si volvía a encontrarse con él? Pero no quería volver a verlo por nada del mundo. Lo mejor era olvidar por completo aquel humillante suceso.

El Conde miraba ansioso a su alrededor, esperando el *risotto*, cuando de pronto, sentado a la izquierda y apoyado contra la pared, vio a aquel mismo joven. Estaba sentado a solas en una mesita, frente a una botella de alguna clase de vino o sorbete y una garrafa de agua helada. Las tersas mejillas aceitunadas, los labios rojos, el bigotito azabache con las elegantes guías vueltas hacia arriba, los hermosos ojos negros un poco soñolientos y con largas pestañas, y esa extraña expresión de cruel descontento que solo era posible ver en los bustos de algunos emperadores romanos: era él, no cabía duda. ¡El típico joven del sur! El Conde desvió enseguida la vista. El joven oficial que leía el periódico un poco más allá era igual que él. Los dos eran del mismo tipo. Y dos jóvenes que jugaban a las damas un poco más lejos también se le parecían mucho.

El Conde agachó la cabeza con el temor en el corazón de que la visión de aquel joven atormentara su vida para siempre. Empezó a comerse el *risotto*. Y de repente oyó que el joven de la izquierda llamaba al camarero con tonos destemplados.

Al oír la llamada, no solo el camarero que atendía su mesa, sino los demás camareros sin nada que hacer que atendían las demás hileras de mesas, corrieron hacia él con obsequiosa celeridad, cosa que no suele ser habitual entre los camareros del Café Umberto. El joven murmuró algo y uno de los camareros se acercó rápidamente a la puerta que daba a la galería y gritó:

—¡Pasquale! ¡Eh, Pasquale!

Todo el mundo sabe quién es Pasquale, el viejo mugriento que arrastra los pies entre las mesas del café y ofrece habanos, cigarrillos, postales y cerillas a los clientes. Podría decirse que se trata de un simpático bribón. El Conde vio entrar en el café a aquel rufián canoso y mal afeitado que llevaba una caja de cristal colgada del cuello por una cinta de cuero, y al oír la orden del camarero, dio un súbito acelerón y se fue arrastrando los pies a la mesita del joven. Este quería un habano que el solícito Pasquale le sirvió con prontitud. El anciano buhonero estaba volviendo a la terraza cuando el Conde, obedeciendo un impulso repentino, le hizo señas para que se acercara.

Pasquale se acercó con una sonrisa de servil gratitud combinada con una cínica mirada escrutadora. Dejó la caja sobre la mesa y levantó la tapa de cristal sin decir palabra. El Conde escogió un paquete de cigarrillos, y urgido por la invencible curiosidad, preguntó con el aire más despreocupado que pudo:

—Dime, Pasquale, ¿quién es ese joven *signore* que está ahí sentado?

El viejo se inclinó confidencialmente.

—Ese, *signor Conde* —dijo sin levantar la vista, mientras hacía como que ordenaba sus mercancías en la caja—, es un joven *cavaliere* de una muy buena familia de Bari. Estudia en la universidad de aquí, y es el jefe, *capo*, de una organización de jóvenes... de jóvenes muy simpáticos.

Hizo una pausa, y luego, con una mezcla de discreción y orgullo por poseer aquellos conocimientos, musitó la palabra que lo explicaba todo, *camorra*, y cerró la tapa de la caja.

—Una camorra muy poderosa —resopló—. Hasta los mismos profesores la respetan mucho... *Una lira e cinquanta centesimi, Signor Conde.*

Nuestro hombre pagó con la moneda de oro. Mientras Pasquale buscaba el cambio, vio que el joven, de quien había oído tantas cosas en tan poco tiempo, estaba observando la escena de reojo. En cuanto el viejo vagabundo hizo una reverencia y se alejó, el Conde le pagó la cuenta al camarero y se quedó quieto. Según me contó, se había quedado completamente entumecido.

El joven también pagó, se levantó y cruzó la sala, aparentemente con el propósito de mirarse en el espejo que había en la columna situada junto al asiento del Conde. Iba vestido todo de negro con una corbata verde de lazo. El Conde giró la vista y se sorprendió al toparse con una mirada feroz que surgía del rabillo del ojo de aquel joven. El joven *cavaliere* de Bari (según había dicho Pasquale, pero sin duda Pasquale es un redomado mentiroso) siguió arreglándose la corbata, se caló el sombrero delante del espejo y dijo unas palabras en el tono imprescindible para que el Conde pudiera oírlas. Las pronunció apretando los dientes y con la mayor cantidad posible de insultante veneno, sin dejar de mirarse en el espejo:

—¡Ah! ¡Conque tenías oro, so mentiroso, viejo *birba*, *furfante*! Pero no creas que te has librado de mí.

La expresión diabólica se desvaneció como un rayo y el joven salió del café con el imperturbable rostro malhumorado de siempre.

El pobre Conde, después de contarme este último episodio, se recostó temblando en el sillón. La frente se le llenó de sudor. Había una insolencia gratuita en el ultraje que había sufrido que me horrorizó incluso a mí. Lo que aquello significó para el delicado espíritu del Conde es algo que ni siquiera me atrevo a imaginar. Estoy seguro de que, si no hubiera sido una persona demasiado refinada como para cometer la vulgaridad de morirse de una apoplejía en un café, habría sufrido un síncope mortal allí mismo. Ironías aparte, mi preocupación se centraba en que no se diera cuenta del alcance exacto de mi conmiseración. Yo sabía que le molestaba todo sentimiento excesivo, y mi conmiseración prácticamente no tenía límites. No me sorprendió oírle decir que se había pasado una semana en cama. Y si se había levantado, solo era para hacer los preparativos necesarios para marcharse del sur de Italia y no volver jamás.

¡Y eso que aquel hombre estaba convencido de que no podía pasar un año entero en otro clima que no fuera aquel!

Ningún argumento mío logró hacerle efecto. No era cobardía, aunque me llegó a decir:

—Usted no sabe lo que es la camorra, mi querido señor. Soy un hombre marcado.

Pero no temía lo que pudiera sucederle, sino que el finísimo concepto que tenía de su propia dignidad hubiera sido mancillado por una experiencia tan vergonzosa. Y eso era lo que verdaderamente no podía soportar. Ningún caballero japonés, humillado por su excesivo sentido del honor, podría haberse preparado para el harakiri con mayor determinación que la suya. Volver a casa era algo que para el pobre Conde significaba el suicidio.

Hay un dicho que expresa el patriotismo napolitano y que imagino destinado a los forasteros: «Si has visto Nápoles, ya puedes morirte», *Vedi Napoli e poi muori*. Es un dicho que contiene un exceso de vanidad, y cualquier exceso era incompatible con el carácter morigerado del pobre Conde. Pero cuando fui a despedirlo a la estación de tren, pensé que se estaba comportando con una extraña fidelidad al espíritu vanidoso de aquel dicho. *Vedi Napoli*... Pero ahora ya lo había visto. Lo había visto con toda su sobrecogedora plenitud... y ahora se dirigía a la tumba. Y se dirigía en el *train de luxe* de la Compañía Internacional de Coches Cama, vía Trieste y Viena.

Cuando los cuatro sombríos y largos vagones comenzaron a salir de la estación, levanté el sombrero con la solemne impresión de estar rindiendo un último tributo de respeto a un *cortège* fúnebre. El perfil de *Il Conde*, ya muy envejecido, se alejó de mí deslizándose en una pétrea inmovilidad al otro lado del cristal iluminado de la ventanilla. *Vedi Napoli e poi muori!*

La historia

Al otro lado del único ventanal, la luz crepuscular iba muriendo despacio en un gran fulgor rectangular y sin color, que quedaba rígidamente enmarcado por las crecientes sombras de la sala.

Era una sala grande. La irresistible marea de la noche irrumpió en el extremo más alejado, donde el cuchicheo de una voz masculina, apasionadamente interrumpido y apasionadamente renovado, parecía contradecir los murmullos de infinita tristeza que le respondían.

Por fin cesaron los murmullos. Cuando se puso en pie el hombre que estaba arrodillado junto al lóbrego sofá que dejaba ver la borrosa silueta de una mujer reclinada, los movimientos revelaron a una persona alta con respecto a los techos bajos de la sala, vestida en tonos oscuros salvo por la nota discordante del cuello blanco asomando bajo la cabeza y por los débiles destellos, aquí y allá, de los botones dorados del uniforme.

Por un segundo se quedó quieto, misterioso y masculino en su inmovilidad, hasta que se sentó en una silla que había por allí. Ahora tan solo podía ver el leve perfil ovalado del rostro de la mujer y sus pálidas manos extendidas sobre el vestido negro, esas manos que un momento antes se habían abandonado a los besos del hombre y que ahora parecían demasiado agotadas como para moverse.

El hombre no se atrevió a hacer ningún ruido, acobardado como todo hombre por las prosaicas obligaciones de la existencia. Como siempre, era la mujer la que poseía el valor. Y fue su voz la que se oyó primero: era casi la habitual, aunque todo su ser palpitaba por culpa de emociones encontradas.

—Cuéntame algo —dijo.

La oscuridad ocultó la sorpresa del hombre y luego su sonrisa. ¿No acababa de decirle a aquella mujer todo lo que valía le pena decir en este mundo? ¡Y no era la primera vez que se lo decía!

—¿Qué te puedo contar? —preguntó con una voz que parecía muy firme. Empezaba a agradecerle a la mujer que le hubiera hablado en un tono categórico que aliviaba la tensión del momento.

—¿Por qué no me cuentas una historia?

—¿Una historia? —El hombre estaba en verdad sorprendido.

—Sí, ¿por qué no?

Las palabras surgieron con una ligera petulancia que insinuaba una cierta voluntad caprichosa en la voz de la mujer amada: caprichosa porque se hacía sentir como una ley, a veces incómoda pero difícil de incumplir.

—¿Por qué no? —repitió el hombre en un tono ligeramente burlón, como si la mujer acabara de pedirle la luna. Pero ahora se sentía un poco molesto por esa volubilidad femenina que se desprende de una emoción con la misma facilidad con que se despoja de un magnífico vestido de noche.

La oyó decir con la voz un poco insegura, en la que vibraba una cadencia que le hizo pensar de repente en el revoloteo de una mariposa:

—Hace tiempo contabas muy bien esas... historias... tan sencillas de tu profesión. Al menos, lo suficientemente bien como para que me interesasen. Antes de la guerra tenías una especie de... arte.

—¿Tú crees? —contestó, involuntariamente taciturno—. Pero ahora la guerra continúa —prosiguió en un tono tan mortecino y uniforme que ella sintió un escalofrío posándose sobre los hombros. Pero ella insistió. Porque no hay nada más persistente en el mundo que el capricho de una mujer.

—Podría ser una historia que no fuese de este mundo —explicó.

—¿Quieres oír una historia sobre el otro mundo, sobre el más allá? —preguntó el hombre con sincera sorpresa—. Para eso hay que evocar a los que ya se han ido al otro mundo.

—No me refiero a eso. Me refiero a un mundo... distinto. Que esté en el universo y no en el cielo.

—Menos mal. Pero olvidas que solo tengo cinco días de permiso.

—Sí. Y yo también me he tomado cinco días de permiso de... mis deberes.

—Me gusta esa palabra.

—¿Qué palabra?

—Deber.

—A veces puede ser horrible.

—Pero eso es porque te la tomas en un sentido muy limitado. Pero no es así: puede contener el infinito, y... y...

—¿Pero qué disparates estás diciendo?

El hombre decidió pasar por alto aquella interrupción cargada de desdén.

—El infinito del perdón, por ejemplo —continuó—. Pero ya que hablas del «otro mundo», ¿quién va a ir a buscarlo y buscar la historia que hay ahí?

—Tú mismo —contestó la mujer, con una extraña, casi desagradable dulzura en la forma de afirmarlo.

El hombre hizo en la silla un vago movimiento de aprobación, cuya manifiesta ironía ni siquiera la creciente oscuridad pudo hacer misteriosa.

—Como quieras. Pues bien, en ese mundo hubo una vez un Capitán y un Escandinavo. Por favor, pon esos nombres en mayúsculas porque no tenían otro nombre. Era un mundo de mares y continentes e islas...

—Como la Tierra —susurró con amargura la mujer.

—Sí. ¿Qué te puedes esperar cuando envías a un hombre hecho de nuestro común y atormentado barro a hacer un viaje de descubrimiento? ¿Qué otra cosa podría descubrir ese hombre? ¿Y qué otra cosa podría entender o podría interesarle, o tan siquiera llegarse a imaginar que existiera? Esa historia tenía una parte de comedia, y de matanza.

—Igual que la Tierra —susurró.

—Exacto. Y dado que solo puedo encontrar en el universo lo mismo que está firmemente arraigado en el fondo de mi ser, también había amor en esa historia. Pero no vamos a hablar de eso.

—No, no hablaremos de eso —contestó, en un tono neutro que ocultó por completo su alivio... o su desilusión. Y luego prosiguió tras una pausa—: Seguro que será una historia cómica.

—Bueno —el hombre también hizo una pausa—, sí, de alguna manera sí, cómica pero desoladora. Será una historia humana, y como bien sabes, la comedia solo depende de la perspectiva con que se observen las cosas. Y no será una historia para nada ruidosa. Los cañones de largo alcance estarán mudos, tan mudos como los telescopios.

—Ah, o sea que habrá cañones en la historia. ¿Y puedo preguntar dónde?

—A bordo. Recuerda que estamos hablando de un mundo que tenía mares. Y había una guerra que se disputaba en esos mares. Era un mundo extraño y terriblemente estricto. La guerra se estaba librando por tierra, por mar, bajo el agua, en el aire e incluso bajo tierra. Y muchos jóvenes, por lo general en las salas de oficiales o en el puente de mando de un barco, se decían unos a otros —y pido perdón por la palabra tan poco parlamentaria—: «Es una puñetera guerra, pero es mejor que no tener guerra». Parece una insensatez, ¿eh?

El hombre oyó un inquieto suspiro de impaciencia que surgía de las profundidades del sofá mientras seguía hablando sin hacer una pausa:

—Pero en esa historia hay muchas más cosas que las que saltan a la vista. Me refiero a la sabiduría. La insensatez, como la comedia, no es más que una cuestión de impresiones a primera vista. Pues bien, aquel mundo no era muy sabio, pero al menos funcionaba con una cierta cantidad de astucia común y corriente. Pero eran los neutrales quienes usaban esa sagacidad de diversas maneras, públicas y privadas, y había que vigilarlas; vigilarlas por medio de mentes agudas y también de ojos muy perspicaces: y tenían que ser realmente perspicaces, te lo aseguro.

—Me lo puedo imaginar —murmuró con admiración.

—¿Hay algo en el mundo que no te puedas imaginar? —preguntó muy serio—. Es como si llevaras el mundo dentro de ti, pero volvamos a nuestro Capitán, que comandaba un buque no demasiado bueno. Las historias que cuento suelen referirse a mi profesión (como acabas de comentar), pero nunca se han centrado en los aspectos técnicos. Así que bastará decir que el buque había sido en su día de un tipo más bien decorativo, con mucho encanto y elegancia y lujos. Pero ya no. Era como una mujer hermosa que de pronto se hubiera puesto un traje de arpillera y se hubiera metido dos revólveres en el cinto. Pero el barco flotaba bien, maniobraba con agilidad y era bastante bueno.

—¿Eso es lo que opinaba el Capitán? —preguntó la voz que salía del sofá.

—Sí. Y solía patrullar determinadas costas para ver... lo que pudiera ver. Nada más. A veces contaba con alguna información preliminar que podía ayudarle, y a veces no, pero al final daba lo mismo. Era una información tan útil como podría serlo localizar la posición y las intenciones de una nube, o la de un fantasma que se hiciera presente un día aquí y otro allá y al que fuera imposible atrapar.

»Fue al comienzo de la guerra. Al principio, lo que más sorprendía al Capitán era la superficie inalterable del mar, que mostraba siempre una expresión familiar que no era ni amistosa ni hostil. Cuando hacía bueno el sol centelleaba sobre el azul; aquí y allá, surgía a lo lejos una mancha apacible de humo, y era imposible creer que la nitidez habitual del horizonte marcase el límite de una gran emboscada circular.

»Sí, era imposible creerlo, hasta que un día veías un barco, no el tuyo (eso no resulta tan impresionante), sino uno de los barcos de escolta, que explotaba de repente y se hundía antes de que tuvieras tiempo de saber lo que le había ocurrido. En ese momento empiezas a creer. Y a partir de ese día intentas ver... todo lo que se pueda ver, y continúas haciéndolo a sabiendas de que un día morirás por culpa de algo que no se puede ver. Y así llegas a envidiar a los soldados que al final de la jornada se secan el sudor y la sangre que les cubre el rostro, y cuentan a los caídos que ellos mismos han matado, y miran los campos destruidos y la tierra desgarrada que parece sangrar y sufrir con ellos. Sí, es así. Envidias la brutalidad del combate, el sabor de las pasiones primitivas, la franca ferocidad del golpe que propinas con tu propia mano, la llamada directa y la respuesta inmediata. Porque el mar no te ofrece ninguna de estas cosas y te hace creer que no hay ningún problema en todo el mundo.

Ella le interrumpió con un débil movimiento.

—Oh, sí, la sinceridad, la franqueza, la pasión: las tres palabras de tu evangelio. ¡Me las conozco bien!

—Piensa un poco: ¿no son las cosas en las que todos creemos? —preguntó ansioso, pero sin esperar respuesta, y continuó enseguida—: Eso sentía el Capitán. Para él era un alivio la llegada de la noche arrastrándose sobre el mar y ocultando lo que parecía ser la hipocresía de un viejo amigo. La noche te ciega sin engañarte, porque hay circunstancias en que la luz del sol se te hace tan odiosa como la falsedad misma. La noche es mucho mejor.

»Por la noche, el Capitán podía dejar que sus pensamientos huyeran... no te diré adónde. Bueno, sí, a un lugar en el que no hubiera más opción que la verdad o la muerte. Pero el mal tiempo, aunque te ciegue, no te proporciona ningún alivio. La niebla es engañosa, la inerte luminosidad de la bruma resulta irritante. Te hace creer que *deberías* ver.

»Un día lúgubre y desagradable, el barco estaba patrullando frente a una peligrosa costa de rocas que aparecía tan intensamente negra como un dibujo a tinta china sobre papel gris. En un momento dado, el Primer Oficial fue a hablar con el Capitán. Creía haber visto algo que flotaba en el agua, en dirección a mar abierto. Probablemente, un pequeño resto de naufragio.

»—Pero aquí se supone que no debería haber restos de naufragio, señor —comentó.

»—No —contestó el Capitán—. Los informes de los últimos barcos hundidos por submarinos los sitúan mucho más hacia el oeste. De todos modos, nunca se sabe. Puede haber habido hundimientos de buques sin que tengamos informes o sin que nadie los haya visto. Buques que se perdieron con toda la tripulación.

»Y así fue como todo empezó. Se alteró el rumbo del barco para acercarlo al objeto flotante, pues había que observar con detenimiento todo lo que se pudiera ver. Había que llegar muy cerca, pero sin tocar nada, porque no era aconsejable tocar los objetos flotantes con que uno se topaba por ahí. Y tampoco se podía detener el barco ni disminuir la velocidad, pues en aquellos días no era prudente detenerse en ningún sitio, aunque solo fuera un momento. Debo decirte que el objeto en cuestión no presentaba ningún peligro. No hace falta describirlo. Seguramente no tenía más importancia que, digamos, un barril de determinada forma y color. Pero, aun así, llamaba la atención.

»La suave ola de proa lo elevó un instante como si quisiera que lo inspeccionasen, y luego el buque volvió a seguir su ruta, dándole la espalda con indiferencia mientras veinte pares de ojos en cubierta observaban en todas direcciones intentando ver... lo que pudieran ver.

»El Capitán y el Primer Oficial hablaron del asunto con buen criterio. Llegaron a la conclusión de que no era una prueba de la astucia sino más bien de la actividad de ciertos países neutrales. La actividad en cuestión se concretaba en forma del reabastecimiento en alta mar de determinados submarinos. Esa era al menos la idea que se tenía, y aunque no hubiera pruebas concluyentes, la naturaleza de las cosas en aquellos primeros días apuntaba en esa dirección. Y aquel objeto, que fue inspeccionado de cerca y luego abandonado con aparente indiferencia, les demostraba sin ninguna duda que alguna actividad de aquella clase se había llevado a cabo en las inmediaciones de aquel lugar.

»El objeto en cuestión resultaba muy sospechoso. Pero el hecho de que hubiera quedado en evidencia suscitaba otro tipo de sospechas. ¿Era consecuencia de alguna trampa diabólica? Con respecto a esta cuestión, todas las especulaciones resultaron vanas. Al final, los dos oficiales llegaron a la conclusión de que aquel objeto había llegado a aquel lugar por un simple accidente, tal vez ocasionado por alguna súbita urgencia, como por ejemplo la repentina necesidad de abandonar a toda prisa un lugar, o algo por el estilo.

»La discusión se llevó a cabo por medio de frases muy breves y cargadas de sentido, separadas por largos periodos de meditabundo silencio. Y al mismo tiempo, los ojos de los dos oficiales vagaban por el horizonte en un continuado y casi mecánico esfuerzo por continuar con la vigilancia. El oficial más joven comentó, sombrío: "Bueno, es una prueba. Sin duda alguna, una prueba de algo de lo que ya estábamos bastante seguros con anterioridad. Y es una prueba evidente".

»—Y nos será muy útil —replicó el Capitán—. La expedición que hay que proteger se halla a varias millas de distancia; el submarino, solo el demonio sabe dónde está, pero listo para matar; y el noble buque neutral se nos escabulle hacia el este, listo para mentir.

»El Primer Oficial se rio al oír el tono del Capitán, pero adivinó que el buque neutral ni siquiera tendría que esforzarse mucho por mentir. Los tipos que se dedican a eso se sienten muy seguros, a menos que los atrapen con las manos en la masa. Por eso pueden permitirse el lujo de soltar unas risitas. Y en aquel mismo momento, el tipo aquel estaría riéndose tan tranquilo. Casi seguro que ya había participado en el jueguecito y le importaba un pimiento haber dejado aquella prueba tan a la vista. En aquel juego, uno se volvía muy atrevido, y también muy próspero, claro está.

»Volvió a reírse débilmente. Pero el Capitán sentía una honda repugnancia por las criminales actividades furtivas y por la atroz insensibilidad de aquellos chanchullos que corrompían la fuente misma de las emociones humanas más profundas y de las más nobles actividades; y que pervertían, además, la imaginación sobre la que se asientan los principios fundamentales de la vida y de la muerte. Y sufría por ello.

La voz del sofá interrumpió al narrador.

—¡No sabes cómo lo entiendo!

El hombre se incorporó un poco hacia delante.

—Por supuesto. Y yo también. En el amor y en la guerra todo debería ser muy claro. Tan claro como la luz del día, ya que ambos responden a un ideal que es muy fácil, terriblemente fácil, degradar en nombre de la victoria.

Hizo una pausa y luego prosiguió:

—No sé si el Capitán llegó a profundizar tanto en esos sentimientos. Pero lo que es evidente es que sufría por ellos... una especie de tristeza desencantada. Incluso es posible que llegase a sospechar en sí mismo algún rasgo de locura. El ser humano es muchos hombres a la vez. Pero no tenía tiempo para tales especulaciones, ya que un muro de niebla procedente del sudoeste se había abatido sobre su barco. Una gran masa de vapor se condensaba alrededor de los mástiles y las chimeneas, que parecían a punto de disolverse en el aire. Y de pronto, desaparecieron de la vista.

»El barco se detuvo, cesaron todos los ruidos y la misma niebla se quedó quieta y fue haciéndose cada vez más densa, como si se volviera sólida en su extravagante y muda quietud. Los hombres no podían verse unos a otros desde sus puestos. El sonido de los pasos resonaba de forma encubierta; las pocas voces que se oían —impersonales y remotas— morían sin ningún eco. Una blanca y ciega inmovilidad se había apoderado del mundo.

»Parecía que aquella niebla fuera a durar varios días seguidos. No pretendo decir que la densidad de la niebla no variara en ningún momento. De vez en cuando se deshilachaba un poco y dejaba a la vista, ante los hombres, el presentimiento fantasmal de su propio barco. En varias ocasiones, las sombras de la costa se deslizaban oscuramente frente a sus ojos a través del fluctuante y opaco fulgor de la gran nube blanca que flotaba sobre el agua.

»Aprovechando uno de esos momentos, el barco

se acercó cautelosamente a la costa. Era inútil permanecer en alta mar con ese tiempo tan adverso. Los oficiales conocían a la perfección todos los recovecos de la costa que patrullaban. Y sabían que era mejor llevar el barco a una determinada caleta. No era muy amplia, pues solo disponía del espacio suficiente para que el barco echara el ancla. Pero así podría disfrutar de un descanso hasta que se levantase la niebla.

»Muy despacio, con infinita paciencia y cautela, se fueron acercando a la orilla. De los acantilados solo se distinguía una oscuridad evanescente que se cernía sobre el buque y que dejaba a sus pies un estrecho borde de furiosa espuma. Cuando echaron el ancla, la niebla era tan espesa que, a juzgar por lo que se podía ver, parecían hallarse a miles de millas mar adentro. Pero se podía sentir la protección que proporcionaba la tierra firme. Había algo insólito en la quietud del aire. Se podía oír, muy débil, muy esquivo, el chapoteo de las olas contra la orilla, que se detenía con súbitas y misteriosas pausas.

»Echaron el ancla con los lastres de plomo. El Capitán bajó al camarote. No llevaba mucho tiempo allí cuando oyó una voz al otro lado de la puerta que lo reclamaba en el puente. Se dijo a sí mismo: "¿Qué ocurre ahora?". Se sintió un poco molesto por tener que enfrentarse de nuevo a la fastidiosa niebla.

»Vio que la niebla se había disipado un poco y que había adquirido una coloración lóbrega a consecuencia de los altos acantilados que carecían de forma o de contorno y se manifestaban como una cortina de sombras en torno al buque, salvo por una mancha brillante que señalaba la salida a mar abierto. Desde el puente de mando, varios oficiales miraban en aquella dirección. El Primer Oficial, al verlo, le comunicó —en un susurro jadeante— que había otro barco en la caleta.

»Hacía pocos minutos que varios ojos lo habían detectado. Estaba fondeado muy cerca de la boca de la caleta y no era más que una mancha borrosa entre la niebla fulgurante. Unas manos ansiosas señalaron en aquella dirección y el Capitán pudo distinguirla al fin. Sin duda era alguna clase de embarcación.

»—Es un milagro que no chocáramos al entrar aquí —comentó el Primer Oficial.

»—Manden un bote a ese barco antes de que desaparezca —ordenó el Capitán. Supuso que era un barco de cabotaje, ya que difícilmente podía ser otra cosa. Pero de pronto le asaltó otra idea.

»—Sí, es un milagro —le dijo al Primer Oficial, que había regresado al puente después de haber bajado a enviar la barca.

»Llegados a ese punto, los dos oficiales estaban perplejos por el hecho de que aquel barco recién descubierto no hubiera anunciado su presencia tocando la campana.

»—Es verdad que hemos entrado sin hacer ruido —concluyó el Primer Oficial—, pero como mínimo tendrían que haber oído a los hombres que manejaban la sonda. Hemos pasado a unos cincuenta metros de distancia. ¡Casi nos estrellamos! Incluso podrían habernos visto, ya que tuvieron que darse cuenta de que algo estaba entrando en la cala. Lo más raro es que nunca hemos oído un sonido procedente del barco. Seguro que los tripulantes han tenido que contener el aliento.

»—Sí —asintió el Capitán en tono pensativo.

»Al poco tiempo regresó el bote, que apareció de repente al costado del barco como si hubiera cavado un túnel a través de la niebla. El oficial al mando del bote subió al puente a dar el parte. El Capitán no le dio tiempo ni de empezar.

»—Barco de cabotaje, ¿no? —gritó desde lejos.

»—No, señor. Un barco extranjero... neutral —respondió el oficial.

»—Pero ¿qué dice? Bueno, cuéntenos. ¿Qué está haciendo aquí?

»El joven oficial relató que le habían contado una larga e intrincada historia de problemas con las máquinas. Pero resultaba creíble desde un punto de vista estrictamente profesional porque reunía todas las características: avería, peligrosa deriva frente a la costa, niebla continuada durante días, miedo a una galerna y al final la decisión de fondear en cualquier lugar de la costa, etcétera, etcétera. Todo resultaba creíble.

»—¿Tienen aún averiadas las máquinas? —preguntó el Capitán.

»—No, señor. Funcionan.

»El Capitán se llevó aparte al Primer Oficial.

»¡Por Júpiter! —dijo—. Tenía usted razón. Estuvieron conteniendo el aliento cuando pasábamos a su lado. Seguro.

»Pero ahora el Primer Oficial tenía sus dudas.

»—Una niebla como esta amortigua todos los sonidos, señor —observó—. ¿Y con qué propósito se quedaron callados?

»—Para escabullirse sin que los viéramos —contestó el Capitán.

»—Pero si es así, ¿por qué están todavía aquí? El barco podría haberse ido, bien lo sabe usted, aunque probablemente nos habríamos dado cuenta: no creo que pudiera levar anclas sin hacer ruido. De todos modos, en un minuto podría haber desaparecido. Y se habría largado antes de que nos diéramos cuenta. Pero no lo hizo.

»Se miraron el uno al otro. El Capitán negó con la cabeza. Las sospechas que le habían asaltado no eran fáciles de solventar. Ni siquiera las expresó abiertamente. El oficial de guardia que había ido en el bote terminó de dar el parte. El cargamento del barco eran mercancías inofensivas y de utilidad. Iba con rumbo a un puerto inglés. Los papeles y todo lo demás estaban en regla. No había nada sospechoso por ningún lado.

»Después pasó a hablar de la tripulación e informó de que los hombres que estaban en cubierta eran del tipo habitual. Los maquinistas estaban muy orgullosos de sus logros reparando las máquinas. El primer oficial era un tipo muy hosco. El capitán era un espécimen típico de escandinavo, una persona educada pero que parecía haber estado bebiendo. Daba la impresión de estar recuperándose de una buena curda.

»—Le dije que no podía darle permiso para zarpar. Y me contestó que por nada del mundo movería su barco con un tiempo como el que teníamos, tuviera o no mi permiso. De todos modos, dejé un hombre a bordo.

»—Hizo usted muy bien.

»El Capitán, después de rumiar de nuevo sus sospechas, volvió a hacer un aparte con el Primer Oficial.

»—¿Y si ese barco hubiera estado pertrechando a algún submarino del demonio? —dijo en voz muy baja.

»El oficial se sobresaltó. Y luego contestó con voz firme:

»—Pues se iría de rositas. No podríamos demostrarlo, señor.

»—Quiero comprobarlo por mí mismo.

»—Por el parte que hemos recibido, me temo que ni siquiera hay motivo para un caso de sospecha razonable, señor.

»—De todos modos, voy a ir a verlo.

»El Capitán ya lo había decidido. La curiosidad es la gran fuerza motriz del odio y del amor. ¿Qué era lo que esperaba encontrar a bordo de aquel barco? Eso no podía decirlo: ni siquiera él mismo lo sabía.

»Lo que en realidad esperaba encontrar era la atmósfera, la atmósfera de la traición gratuita, que a su modo de ver era algo que no podía justificarse de ninguna manera, ya que incluso la pasión por la maldad en sí misma no podía servir de excusa. Pero ¿era posible detectar esa atmósfera? ¿Se podía olfatear? ¿Saborear? ¿Se podía captar una señal misteriosa que convirtiera sus invencibles sospechas en una certeza tan sólida como para actuar con todos los riesgos posibles?

»El capitán lo recibió en la cubierta de popa,

como una aparición que sobresalía de la niebla entre los difusos contornos del equipamiento habitual de un barco. Era un corpulento escandinavo, con barba y con toda la energía propia de su edad. Llevaba una gorra de cuero que se ajustaba perfectamente a la cabeza. Tenía las manos bien metidas en los bolsillos de su chaquetilla de cuero. No las sacó mientras explicaba que cuando estaba en el barco se pasaba la vida en la sala de derrota, y enseguida los guio hasta allí dando zancadas despreocupadas. Justo antes de llegar a la puerta que quedaba bajo el puente de mando, se tambaleó un poco, pero se recuperó, abrió la puerta de par en par, se hizo a un lado, apoyó casi involuntariamente el hombro en el vano de la puerta, y se puso a mirar con aire distraído el espacio exterior invadido por la niebla. Pero inmediatamente siguió al Capitán hacia el interior de la sala, cerró la puerta, encendió de golpe la luz eléctrica y se apresuró a meter de nuevo las manos en los bolsillos, como si temiera que esas mismas manos lo sorprendieran haciendo algún gesto de amistad o de hostilidad.

»En la sala hacía calor y olía a cerrado. El estante de las cartas náuticas situado en la parte superior estaba lleno a rebosar, y la carta que había sobre el escritorio se mantenía desenrollada gracias a una taza vacía que reposaba sobre una bandeja sobre la que se había derramado un líquido oscuro. Una galleta mordisqueada yacía sobre el estuche del cronómetro. En la sala había dos canapés, y uno de ellos se había transformado en una cama con almohada y con mantas, que ahora se veían muy desordenadas.

El Escandinavo se dejó caer sobre el canapé sin sacar las manos de los bolsillos.

»—Bien, aquí estoy —dijo con una expresión rara, como si le sorprendiera oír su propia voz.

»El Capitán se sentó en el otro canapé y observó el hermoso rostro congestionado. Gotas de niebla colgaban de la barba y del bigote rubios del Escandinavo. Las cejas, mucho más oscuras, se unían en una expresión de perplejidad. De repente se puso en pie.

»—Lo que quiero decir es que no sé dónde estoy. De verdad que no lo sé —explotó muy serio—. ¡Que me aspen! Creo que en algún momento tuve que virar y perdí el rumbo. Llevo una semana metido en la niebla; mejor dicho, más de una semana. Y luego se me estropearon las máquinas. Le contaré cómo ocurrió.

»Empezó a hablar con gran locuacidad. No se aturullaba, pero se mostraba muy insistente. En cualquier caso, su relato no seguía un hilo coherente. Se interrumpía haciendo pausas de lo más extrañas en las que se ponía a pensar. Esas pausas no duraban más que unos pocos segundos, y todas parecían tan profundas como si se entregara a una inacabable meditación. Cuando volvía a hablar, nada delataba que fuera consciente de esas interrupciones. Seguía hablando con la mirada fija y el mismo tono de seriedad inmutable. Estaba claro que no se daba cuenta de las pausas. En realidad, más de una vez se interrumpió justo en mitad de una frase.

»El Capitán escuchó su historia. Le dio la impresión de que resultaba mucho más verosímil de lo que suele serlo la simple verdad de la vida. Pero eso tal vez fuera un prejuicio suyo. Mientras el Escandinavo hablaba, el Capitán había notado una voz interior, un profundo murmullo que surgía de las profundidades de su ser, que contaba una historia muy distinta, como si quisiera mantener viva a propósito la indignación y la rabia que sentía ante la bajeza de la codicia o de la mera perspectiva que yace a menudo en la raíz de las ideas sencillas.

»Era la misma historia que le había contado al oficial del bote hacía más o menos una hora. De vez en cuando, el Capitán hacía un débil gesto de asentimiento ante lo que decía el Escandinavo. Cuando este terminó de hablar, desvió la vista. Y luego añadió, como si se le hubiera ocurrido en el último minuto:

»—Esas preocupaciones, ¿no podrían volver loco a un hombre? Es la primera travesía que hago por esta parte de la costa. El barco es mío. Su oficial de guardia ha visto los papeles. El barco no es gran cosa, como usted mismo habrá podido ver. No es más que un viejo carguero: apenas da para mantener a mi familia.

»Levantó el enorme brazo y señaló una hilera de fotos pegadas a la mampara. El movimiento fue muy lento, como si el brazo fuese de plomo.

»El Capitán dijo, en tono despreocupado:

»—Pero aun así podría ganar una fortuna para su familia con este viejo barco.

—Sí, siempre que siga siendo mío —dijo lúgubremente el Escandinavo.

»—No sé si me ha entendido: me refería a esta guerra —aclaró el Capitán.

»El Escandinavo le clavó la mirada con una expresión extraña, como si no viera nada pero a la vez estuviera muy interesado en lo que veía: era esa clase de miradas que solo pueden surgir de unos ojos de un color particularmente azul.

»—Y a usted no le molestaría —contestó—, ¿no es así? Usted es un perfecto caballero. Nosotros no hemos provocado esto. Y suponiendo que nos echáramos a llorar, ¿qué provecho sacaríamos de ello? Que lloren los que empezaron este lío —concluyó de forma enérgica—. El tiempo es oro, dicen ustedes. Pues muy bien: *este* tiempo *es* oro. ¿No cree?

»El Capitán intentó reprimir la inmensa repugnancia que sentía. Pero se dijo a sí mismo que era un sentimiento irrazonable. Los hombres eran así: caníbales morales que se alimentaban de las desgracias ajenas. Dijo en voz alta:

»—Ha explicado usted muy bien por qué está aquí. El cuaderno de bitácora lo confirma todo muy detalladamente. Pero es evidente que se puede falsificar un cuaderno de bitácora. Es facilísimo hacerlo.

»El Escandinavo no movió un solo músculo. Tenía la vista fija en el suelo; parecía no haber oído nada. Al cabo de un rato levantó la cabeza.

»—Pero usted no puede sospechar nada malo de mí —murmuró, distraído.

»El Capitán pensó: "¿Por qué dice eso?".

»Inmediatamente, el hombre que tenía delante añadió:

»—Llevo mi cargamento a un puerto inglés.

»Por un instante, su voz se había vuelto ronca. El Capitán reflexionó: "Es cierto. Seguro que no hay nada. No puedo sospechar de ese hombre. Pero entonces, ¿por qué tenía las calderas en marcha con esta niebla? Y después, cuando nos oyó entrar en la cala, ¿por qué no dio señales de vida? ¿Por qué no lo hizo? ¿Qué otra cosa podría ser sino la mala conciencia? Al oír a los operarios de la sonda tenía que saber que éramos un buque de guerra".

»Sí, ¿por qué?, siguió pensando el Capitán. "Supongamos que le hago la pregunta mientras le observo atentamente el rostro. De algún modo tendrá que traicionarse. Está muy claro que este tipo ha estado bebiendo. Sí, ha estado bebiendo, pero seguro que tiene ya lista una mentira." El Capitán era uno de esos hombres que se sienten moralmente y casi físicamente molestos ante la simple idea de tener que tragarse una mentira. Rechazaba ese acto con desprecio e indignación, dos sentimientos incontrolables porque pertenecían más al temperamento que a la moral.

»Así que subió de nuevo a cubierta y mandó reunir a la tripulación para inspeccionarla. Vio que todos los marineros respondían en general a la descripción que había hecho el oficial de guardia en su informe. Y por las respuestas que le dieron cuando los interrogó, pudo comprobar que no había ninguna alteración en el cuaderno de bitácora.

»Dio la orden de romper filas. Su impresión era que aquellos marineros constituían un grupo bien seleccionado. Les habían prometido un montón de dinero si todo salía bien. Todos estaban algo preocupados pero no asustados. Ni uno solo de ellos parecía dispuesto a descubrir el pastel. No sentían miedo por su vida. Conocían demasiado bien Inglaterra y las costumbres inglesas.

»Se alarmó al verse reflexionar como si sus vagas sospechas se estuvieran convirtiendo ya en una firme convicción. Porque, a decir verdad, no tenía ningún motivo razonable para llegar a esta conclusión. No había nada que desenmascarar.

»Volvió a la sala de derrota. El Escandinavo se había quedado allí. Y el Capitán, al percibir un cambio muy sutil en su aspecto —había un mayor atrevimiento en sus vidriosos ojos azules—, dedujo que aquel tipo había aprovechado la oportunidad para tomarse otro trago de la botella que debía de tener escondida en algún sitio.

»También notó que el Escandinavo, al cruzarse las miradas de los dos, adoptó una expresión de estudiada sorpresa. O que al menos le parecía estudiada. Una vez más, vio que no podía fiarse de nada. Y el inglés sintió, con asombrosa seguridad, que se estaba enfrentando a una gigantesca mentira, tan sólida como un muro, que no le permitía de ninguna manera descubrir la verdad y cuyo feo rostro criminal parecía estar espiándolo con una sonrisita cínica.

»—Imagino —dijo de pronto— que se estará usted preguntando por qué sigo con mis investigaciones, aunque espero no estar retrasándolo, ¿no? Doy por hecho que no va a zarpar con esta niebla.

»—No sé dónde estoy —exclamó el Escandinavo con toda franqueza—. No lo sé.

»El hombre miró a su alrededor como si el mobiliario de la sala de derrota le resultara desconocido. El Capitán le preguntó si había visto objetos extraños flotando a la deriva cuando se hallaba en alta mar.

»—¿Objetos? ¿Qué objetos? Nos movíamos totalmente a ciegas en medio de la niebla.

»—Hubo algunos intervalos en los que se disipó la niebla —contestó el Capitán—. Y ahora le voy a decir lo que hemos descubierto y la conclusión a la que hemos llegado.

»Se lo comunicó en muy pocas palabras. Oyó el sonido de una respiración agitada que salía a través de los dientes apretados. El Escandinavo tenía las manos sobre la mesa y se mantenía totalmente inmóvil, sin decir palabra. Se puso en pie como si hubiera sido alcanzado por un rayo. Luego exhibió una sonrisa fatua.

»O eso al menos le pareció al Capitán. ¿Significaba algo aquella sonrisa? ¿O en cambio no significaba nada? No lo sabía, no tenía ninguna seguridad. Toda la verdad se había esfumado de este mundo como si alguien se la hubiera tragado, absorbiéndola en esa monstruosa vileza de la que aquel hombre era —o no era— culpable.

»—El pelotón de ejecución es demasiado bueno para la gente que se aprovecha así de la neutralidad —observó el Capitán después de un momento de silencio.

»—Sí, sí, sí —asintió atropelladamente el Escandinavo, quien añadió enseguida con inesperada voz de sonámbulo—: Quizá.

»¿Fingía estar borracho? ¿O simplemente intentaba aparentar que estaba sobrio? La mirada no delataba emoción alguna, pero parecía algo vidriosa. Los labios se delineaban firmes bajo el bigote rubio, pero de vez en cuando se contraían. ¿Se contraían? ¿Y por qué aquel hombre agachaba tanto la cabeza?

»—No hay "quizá" que valga cuando se trata de esto —dijo muy serio el Capitán.

»El Escandinavo se enderezó. Y de repente también adoptó una expresión muy seria.

»—No. Pero ¿qué ocurre con los que tientan? También habrá que matarlos, ¿no? Son unos cuatro, cinco o seis millones —dijo en tono sombrío; pero al instante adoptó una inflexión quejumbrosa—: Pero será mejor que me calle. Usted tiene sus sospechas.

»—No, no tengo sospechas —afirmó el Capitán.

»Era un hombre que no titubeaba jamás. Y en aquel momento tuvo la certeza que buscaba. El aire de la sala de derrota se hallaba viciado por la culpa y la falsedad que se oponían al desenmascaramiento y desafiaban la simple rectitud, la decencia común, todo sentimiento de humanidad, todo escrúpulo de conducta.

»El Escandinavo dejó escapar un suspiro.

»—Bien, sabemos que ustedes los ingleses son unos caballeros. Pero vamos a decir la verdad. ¿Por qué tendríamos que quererlos? En realidad, no han hecho nada para que los queramos. Por supuesto que tampoco queremos a los otros. Ellos tampoco han hecho nada para que los queramos. Pero cuando un tipo se te acerca con una bolsa de oro... No he hecho en balde mi último viaje a Rotterdam.

»—Entonces tendrá usted muchas cosas interesantes que contarle a nuestra gente cuando llegue a puerto —le interrumpió el Capitán.

»—Pudiera ser. Pero en Rotterdam ustedes tienen gente a sueldo. Que sean ellos los que hagan el informe. Yo soy neutral, ¿no es así? ¿Ha visto usted alguna vez a un hombre pobre a un lado y al otro una bolsa llena de oro? Por supuesto que yo no me dejaría tentar. No tengo el coraje suficiente. De verdad que no me he dejado. Eso no va conmigo. Por una vez le estoy hablando a las claras.

»—Sí. Y yo le estoy escuchando —dijo en voz baja el Capitán.

»El escandinavo inclinó el cuerpo sobre la mesa.

»—Le hablo ahora que sé que usted no sospecha nada. Usted no sabe lo que es ser pobre. Yo sí porque lo soy. Este viejo cascarón no vale mucho, y además está hipotecado. Solo da para ir tirando. Por supuesto, no tengo el valor suficiente. Pero ¡si un hombre tuviera ese valor! Fíjese. La mercancía que lleva ese hombre parece un cargamento normal y corriente: fardos, barriles, latas, tubos de cobre y todo eso. Él no sabe muy bien para qué sirven. Para él, nada de eso es real. Pero ve el oro. Y eso sí que es real. Por supuesto, a mí nadie podría empujarme a hacer eso. Sufro una enfermedad interna. O me volvería loco de ansiedad o... o... me entregaría a la bebida o a cualquier otra cosa. El riesgo es demasiado grande. ¡Demonios, te puedes arruinar!

»—Significaría la muerte.

»El Capitán se puso en pie tras hacer esta brusca declaración, que el otro recibió con una dura mirada extrañamente mezclada con una sonrisa vacilante. La garganta del Capitán sintió asco ante la atmósfera de criminal complicidad que le rodeaba, una atmósfera cada vez más densa, más impenetrable, más agria que la niebla del exterior.

»—Eso no es nada para mí —murmuró el Escandinavo, bamboleándose de forma ostensible.

»—Claro que no —asintió el Capitán haciendo un gran esfuerzo por mantener la voz serena. La certeza se había afianzado en su interior.

»—Pero ahora mismo voy a limpiar esta parte de la costa de la gente como usted. Y voy a empezar por usted mismo. Tiene que zarpar dentro de media hora.

»Por aquel entonces, el Capitán caminaba por la cubierta al lado del Escandinavo.

»—Pero ¡qué dice! ¿Con esta niebla? —gritó este último con voz ronca.

»—Sí, tendrá que zarpar con esta niebla.

»—Pero si no sé ni dónde estoy. De verdad se lo digo.

»El Capitán se dio la vuelta. Le había asaltado una especie de furia. Los ojos de los dos hombres se encontraron. Los del Escandinavo expresaban una profunda extrañeza.

»—Vaya, no sabe usted cómo salir de aquí. —El Capitán hablaba sin perder la compostura, pero su corazón latía de rabia y de temor—. Le daré la ruta. Ponga rumbo sur cuarta al este y media al este durante unas cuatro millas y luego ya podrá navegar hacia levante en dirección al puerto. El tiempo aclarará dentro de poco.

»—¿Tengo que zarpar? Pero ¿qué me obliga a hacerlo? No tengo el valor.

»—Pues tiene que zarpar. A menos que...

»—No, no quiero —jadeó el Escandinavo—. Ya he tenido suficiente.

»El Capitán bajó por la borda. El Escandinavo se quedó quieto como si estuviera amarrado a la cubierta. Antes de que el bote llegara al buque de guerra, el Capitán oyó que el vapor estaba levando anclas. Y luego, una sombra perdida entre la niebla, fue alejándose siguiendo el rumbo que le había dado.

»—Sí —les dijo a sus oficiales—. He dejado que se fuera.

El narrador se inclinó hacia el sofá, en el que ningún movimiento delataba la presencia de un ser vivo.

—Escúchame bien —dijo tajante—. Aquel rumbo llevaba al Escandinavo hacia unos escollos mortíferos. Y el Capitán le dio aquel rumbo. El vapor zarpó, se dirigió hacia allí y se hundió. De modo que aquel hombre había dicho la verdad: no sabía dónde estaba. Pero eso no demuestra nada. Ni en un sentido ni en otro. Y esa puede ser la única verdad que hay en la historia. Pero... Parece que aquel hombre se dejó llevar por una mirada amenazadora. Solo eso.

El hombre dejó de fingir.

—Sí, yo le di ese rumbo. Para mí significaba una prueba suprema. Eso creo. No, no lo creo. En su momento estaba completamente seguro. Todos se hundieron. Y no sé si apliqué un justo castigo o si cometí un asesinato; si añadí a los cadáveres que ensucian el lecho ilegible del mar los cuerpos de unos hombres completamente inocentes o afrentosamente culpables. No lo sé. Y nunca lo sabré.

Se puso en pie. La mujer del sofá también se levantó y le rodeó el cuello con los brazos. Sus ojos arrojaron dos destellos de luz en medio de la profunda oscuridad de la sala. Ella conocía la pasión de aquel hombre por la verdad, su horror ante la mentira, su humanidad.

—Oh, mi pobre, pobre...

—Nunca lo sabré —repitió muy serio, y luego se soltó del abrazo, apretó las manos de la mujer contra sus labios y salió de allí.

Austral Cuentos ofrece al lector breves antologías de relatos de los mejores escritores de todos los tiempos.

AUTORES DE LA SERIE UNIVERSAL

Antón Chéjov

Joseph Conrad

F. Scott Fitzgerald

E. T. A. Hoffmann

Franz Kafka

Jack London

Katherine Mansfield

Bram Stoker

Oscar Wilde

Virginia Woolf

AUTORES DE LA SERIE ESPAÑOLES Y LATINOAMERICANOS

Rosa Chacel

Emilia Pardo Bazán

Ramón del Valle-Inclán